KB004305

나
나
논

# 나는 나랑 논다

초판 1쇄 발행 2017년 6월 22일

지은이 김별 이혜린 이민영
그린이 김화연
펴낸이 고영은 박미숙

편집이사 인영아 | 뜨인돌기획팀 이준희 박경수 김정우 이가현
뜨인돌어린이기획팀 조연진 임솜이 | 디자인실 김세라 이기희
마케팅팀 오상욱 여인영 | 경영지원팀 김은주 김동희
외부 진행 김현정

펴낸곳 뜨인돌출판(주) | 출판등록 1994.10.11.(제406-251002011000185호)
주소 10881 경기도 파주시 회동길 337-9
홈페이지 www.ddstone.com
대표전화 02-337-5252 | 팩스 031-947-5868

ISBN 978-89-5807-645-2  03810
(CIP제어번호 : CIP2017013628)

서툰 어른들이 발견한 혼자 노는 즐거움

# 나 는
# 나 랑
# 논 다

뜨인돌

contents

## 프리랜서 별이는
## 시간을 낚으며
## 자유롭고 여유 있게

## 맘튜던트 린이는
## 자투리 시간을 활용해
## 야무지게

:

직장인 민영이는
회사 밖에서
새롭고 알차게

… 프리랜서 별이는
시간을 낚으며
자유롭고 여유 있게 …

# 김별

『스페인을 여행하는 세 가지 방법』과 『세상에 이런 가족』, 그리고 『서른, 우리 술로 꽃 피우다』를 썼다. 6년 동안 다니던 회사에 사표를 낸 지 이제 1년 반, 갑자기 늘어난 혼자 있는 시간에 여유롭고 알차게 적응해 가는 중. '평일 낮'이라는 꿀 시간대를 만끽하며 혼자 노는 맛에 푹 빠져 있다.

직장 생활을 하면 할수록 점점 더 재미라고는 없는 사람이 되어 갔다. 치열한 일상 속에서 놀 거리를 찾아 눈을 반짝일 여유 따위는 허락되지 않았기 때문이겠지.

퇴사를 하고 가장 먼저 와닿은 건 시간에 대한 느낌이었다. 어떻게 다뤄야 할지 모르겠는 커다랗고 텅 빈 시간의 덩어리. 그 낯선 존재를 끌어안은 채 나는 한참을 어리둥절했다. 그러다 불현듯 그동안 회사에 바쳤던 나의 시간들을 이제야 비로소 돌려받은 것이라는 사실을 깨달았다. '이제야 내가 시간의 주인이 된 거구나.'

생각해 보니 그동안 내가 가장 소홀했던 사람은 다른 누구도 아닌 나였다. 해 보고 싶어 하는 것도 못 해 주고, 가 보고 싶어 하는 곳에도 못 데려가 주고 죽어라 일만 시켰다. 그래서 다짐했다. 이제는 나 자신에게 속죄하는 마음으로 미친 듯이 놀아야겠다. 이 넘치는 시간을 나랑 노는 데 쓰자. 그것도 펑펑. 아낌없이.

Dolce Far Niente, 돌체 파 니엔떼. 이탈리아어로 무위의 즐거움, 또는 달콤한 게으름을 뜻하는 말이다. 이제부터 나는 논다. 나랑 논다. 그냥, 재미있으니까. 그러면 안 될 이유가 없지 않은가! 어떤 작가가 말한 것처럼 무용한 것이야말로 즐거움의 원천이다! 우리는 스스로를 조금 더 즐겁게 해 줄 필요가 있다. 천천히 여유롭게, 충분히 게으르게.

# 지하철
# 독서 게임

:
:
:

이상하게 지하철에서는 책이 잘 읽힌다. 내가 다녔던 대학은 집에서 지하철을 두 번 갈아타고 1시간 반을 가야 하는 곳에 있었고, 직장도 그와 거의 비슷한 거리에 있었기 때문에 나는 적어도 10년 동안 하루에 3시간을 지하철에서 보냈다. 3시간 곱하기 365일 곱하기 10년, 하면 10,950시간. 무슨 일이든 꾸준히 투자하면 그 일에서 최고가 될 수 있다는 1만 시간이 훌쩍 넘는다. 실로 어마어마한 시간이다.

지금이야 다들 스마트폰 보느라 정신이 없지만, 내가 대학을 다닐 때만 해도 분위기가 달랐다. 많은 사람들이 신문을 봤고, 나는 책을 읽었다. 주로 지루함을 달래 줄 소설을. 지금도 나는 지하철에서 책 읽는 것이 참 좋다. 달캉달캉 소리를 내며 적당한 리듬으로 흔들리는 지하철의 기다란 의자에 앉아 책을 읽는 것에는 설명하기 어려운 묘한 매력이 있다.

　그래서 오늘처럼 하루 종일 할 일이 없는 날이면 책 한 권을 들고 지하철 역으로 간다. 물론 남들 출근하는 시간은 피해서. 바쁜 사람들이 모두 빠져나간 한적한 플랫폼에서 지하철을 기다리며 아직 한 글자도 정복되지 않은 책의 첫 페이지를 펼치면, 그때부터 게임은 시작된다. 룰은 간단하다.

　'이 책을 다 읽기 전에 지하철에서 내리지 않는다.'

　9호선 첫 역에서 종착역까지, 수많은 사람들이 나타났다 사라지는 동안 꿈쩍 않고 책에 집중한다. 이게 재미있냐고? 재미있다 정말로! 게임의 룰이라고는 했지만 사실상 '나와의 약속' 형태의 미션에 가까워서 아무도 보는 사람이 없는데도 은근히 의지가 불타오른다.

　책을 읽다가 고개를 들어 사람 구경도 하고, 가끔은 책을 덮고 졸기도 한다(지하철에서 조금 자고 나면 그렇게 개운할 수가 없다). 쉬엄쉬엄 책을 읽는 과정 자체도 즐겁지만, 지하철 독서의 백미는 책의 마지막 장을 덮는 순간에 있다. 이때 내가 항상 하는 의식이 있는데, 책을 덮는 순간 고개를 들어 역을 확인하는 거다. 그리고 역 이름과 책 제목을 수첩에 적는다.

『속 깊은 이성친구』,
2015년 1월 29일 목요일, 오후 1시,
9호선 국회의사당 역.

집에 돌아와서는 벽에 붙여 놓은 지하철 노선도 포스터에서 국회의사당 역을 찾아 다 읽은 책의 제목을 적는다. 그렇게 하나하나 기록이 늘어날 때마다 왠지 모를 뿌듯함이 인다. 마치 세계 여행을 하는 사람이 방문했던 나라를 지도에 표시하는 것과 같다. 그렇다. 나는 세계 정복을 꿈꾸는 여행가처럼 지하철역 정복을 꿈꾼다.

서울시 지하철의 모든 역마다 내가 읽은 책의 이름을 적어 넣는 것. 그게 바로 이 게임을 마스터하는 방법이다. 이 게임을 마스터할 날이 얼마 남지 않은 것 같다. 혼자서도 잘 노는 나를 증명하는 하루하루가 충분히 행복하다.

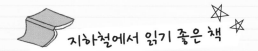

### 추리 소설

소음에 민감하다면 추리 소설을 추천한다. 잠시도 눈을 뗄 수 없는 긴박한 스토리 전개와 쫄깃한 반전이 있는 추리 소설은 시끄러운 지하철에서도 집중력을 잃지 않게 도와준다. 단, 예상치 못한 장면에서 소리를 지르지 않도록 주의할 것. 이야기에 푹 빠져서 잠시 잊었겠지만 지하철은 공공장소다.

### 만화책

웹툰의 시대이기는 하지만, 그래도 여전히 종이 책으로 봐야 제맛인 것들이 있다. 어린 시절에 푹 빠져 봤던 만화책을 사거나 빌려서 지하철을 타 보자. 얼굴의 반이 눈인 여주인공이 나오는 순정 만화도 좋고, 초밥 하나에 우주를 담는 요리 만화도 좋다. 여러 권을 들고 바꿔 읽으려면 번거로우니 가능하면 두툼한 애장판이 있는 것으로 준비하자.

### 어린이·청소년 문학

다 큰 사람이 왜 애들 책을 읽느냐는 생각이 들 수도 있겠지만, 어린이나 청소년을 대상으로 쓰여진 글에는 성인의 그것과는 다른 매력이 있다. 팍팍한 현실에 지쳐 있다면 꿈과 환상, 그리고 따스함이 담뿍 담긴 책을 읽어 보자. 동화나 동시, 또는 그림책이 오래 전 잃어버렸던 동심을 슬그머니 당신 옆에 두고 갈지도 모른다.

### 단편 소설

책 한 권을 진득하게 붙잡고 있는 것에 자신이 없는 사람이라면, 단편 소설이
답이다. 짧은 이야기 속에 진하게 담긴 다양한 등장인물들의 삶을 호기심 어린
눈으로 열심히 기웃거리다 보면 어느새 마지막 장을 덮고 있는 자신을 발견할
수 있을 것이다. 단편 하나를 읽는 데 몇 정거장을 지나는지 확인하면서 독서
속도를 체크해 보는 것도 재미있다.

### 연애 소설

세상에서 가장 많은 이야기가 만들어지는 소재이자, 그럼에도 절대로 질리지
않는 바로 그것. 사랑! 사랑이다! 언제 어디서나 연애 소설은 재미있다. 하루쯤
은 단어 하나하나가 가슴을 후벼 파는 절절한 로맨스 소설을 들고 지하철을 타
보자. 혹시 또 아나? 오늘 지하철에서 당신의 반쪽을 찾게 될지?

### 에세이

등장인물들의 복잡한 관계와 그들 사이에 무슨 일들이 벌어지고 있는지 파악
하는 것조차 피곤할 때는 마음이 말랑말랑해지는 따뜻한 에세이 한 권이 좋다.
부드럽게 흔들리는 지하철에 마음 편히 앉아서 에세이를 읽어 보자. 어쩌면 당
신이 들고 있는 책 제목을 본 칸 안의 다른 사람들 마음까지 노곤하게 풀어 줄
지도 모른다.

# 자유인의
# 자유 수영

. 
. 
. 

　오후 1시의 수영이라니….

　회사 다닐 때는 상상도 할 수 없는 일이었다. 색색의 코끼리가 빼곡하게 그려진 3천 원짜리 싸구려 비닐 가방에 몇 년 동안 물이 닿지 않아 건포도처럼 쪼글쪼글 마른 수영복을 챙겨 넣으며 거듭 생각했다.

　오후 1시의 수영이라니!!!

　사실 '수영'이라는 스포츠는 접근하기가 쉽지 않다. 일단 집 근처에 있는 수영장을 찾는 것부터가 쉽지 않다. 또 다른 어려움은 수줍음이다. 나는 생판 모르는 사람들과 벌거벗고 있는 상황 자체를 굉장히 부끄러워한다. 마지막으로는 역시 수영복이 문제다. 입으나 마나인 옷을 걸치고 전혀 준비되지 않은 몸매로(앞으로도 영영 준비될 것 같지 않지만) 사람들 앞에 서는 일이란 정말이지 쉽지가 않다.

그럼에도 나는 지금 이 모든 곤란함을 무릅쓰고 오후 1시 자유 수영을 하기 위해 짐을 싸고 있다. 많은 사람들 앞에서 벌거벗게 될 것에 대한 걱정과 부끄러움을 '물에 들어가 놀고 싶다!'는 열망이 이겼기 때문이다. 맞다. 나는 물이라면 환장을 한다. 집에 욕조라도 있으면 잠수라도 하고 놀 텐데 우리 집에는 욕조도 없다. 샤워 꼭지에 얼굴을 대고 음파음파를 하는 걸로는 성에 차지 않으니 어쩌겠나. '아무도 나를 보지 않는다, 아무도 나를 보지 않는다.' 스스로를 세뇌시키며 수영장에 갈 수밖에.

무사히 동네 수영장에 입성했다. 이곳에서는 단돈 5천 원이면 50분 동안 맘대로 수영을 할 수 있다. 내가 정한 시간은 매일 오후 1시부터 1시 50분. 정오에서 조금 빗겨난 시간, 하루의 정 가운데 시간을 마음대로 쓸 수 있는 사람만 즐길 수 있는 자유 수영은 말 그대로 자유인만 할 수 있는 수영인 것이다. 후후. 나는 자유인이다. 부러워하시라!

부끄러움과 흥분으로 잔뜩 상기된 채 탈의실에 들어가니, 어머나 세상에 사람이 없다. 탈의실 한구석에 놓여 있는 평상에 할머니 두 분이 도란도란 이야기를 나누고 계실 뿐, 우려했던 벌거숭이 군단(?)은 없었다. 다행이었다.

한결 가벼워진 마음으로 편하게 수영복으로 갈아입고 수영장에 들어서니 25미터짜리 레인 4개가 눈앞에 펼쳐졌다. 수영을 하는 사람은 20명이 되지 않았다. 맨 끝 두 레인에서는 나이 지긋한 어르신들이 물속에서 천천히 걷거나 수중 체조 비슷한 것을 하고 계시고, 나머지 두 레인에서는 우리 엄마 또래의 아주머니들이 수준급 수영 실력을 뽐내고 계셨다. '음, 이 정도 분위기라면 정말 부담이 없다.' 나는 다시 한 번 안도하며 물속으로 뛰어들었다.

수영은 별게 아니다. 사지를 쉼 없이 버둥거리며 그 와중에 숨을 쉬기 위해 고개를 물 밖으로 드는 것, 그리고 다시 물속으로 처박는 것. 그 외에 어떤 것도 없다. 아무 생각도 들지 않고 심장은 터질 것 같다. 손끝에 물이 덩어리가 되어 만져지고, 몸이 만들어 내는 추진력이 기분 좋게 느껴진다.

그러고 보니 수영을 하는 데는 애당초 다른 사람의 눈을 의식할 필요가 없었다. 수영은 혼자서 하는 운동이다. 물속에 대부분의 몸이 잠겨 있고 그 몸뚱이를 물에 띄워 끌고 가기 바빠 옆 레인에 누가 어쩌고 있는지 신경 쓸 겨를 같은 건 존재하지 않는다.

한참을 왔다 갔다 하다 보니 벌써 시계는 1시 50분을 향하고 있었다. 몸과 마음에 남아 있던 쓸데없는 것들을 떨치고 기분 좋은 오후를 보낼 활력을 얻는 데 50분은 충분했다.

생애 첫 자유 수영을 마치고 다시 집으로 돌아오는 길, 오후 2시의 태양이 내려 주는 햇살 한 조각이 꿀처럼 쫀득하게 몸을 감싼다. 자유인이 된 내가 즐길 수 있는 유일한 스포츠는 아무래도 당분간 이 대낮의 수영이 될 것 같다.

# 문방구
# 쇼퍼홀릭

:
:
:

문방구 쇼핑을 시작하게 된 건 빨대 과자에 대한 향수 때문이다. 사실 빨대 과자보다는 '아폴로'라는 이름이 내겐 더 익숙하다. 어릴 때 문방구에서 거의 매일 사 먹었던 것 같다. 오빠랑 누가 더 빨대 속 내용물을 깔끔하게 빨아 먹는지 내기를 하며 먹었던 그 과자가 어느 날 갑자기 너무나도 그리웠다. 그래서 혼자 허름한 차림으로 휘적휘적 동네 문방구에 가게 된 것이다.

'어, 빨간 돼지 저금통. 어엇, 홀라후프 진짜 오랜만이다. 어머, 대박! 요요다, 요요. 아직도 이런 걸 파는구나.'

입구부터 눈길을 잡아채는 것들 투성이였다. 추억 돋는 물건들의 대거 등장에 원래 목적이었던 '아폴로'는 뒷전이 되었다. 고무줄 권총, 무지개 색 스프링, 유리구슬, 자물쇠 달린 공주 풍 다이어리, 고무

찰흙과 수수깡까지…. 기억 속에서 사라졌던 것들이 한 방에 와르르 몰려왔다.

"나 기억나냐? 아하하하하!
　　　　지금 당장 데려가라~."

뭐 이런 소리가 들리는 것 같았다. 문방구를 나서는 내 손에 빨대 과자를 포함한 다수의 주전부리와 블록 모양의 조립식 색연필, 두더지 게임, 그리고 네일 꾸미기 세트까지 들려 있는 것을 보면 말이다. 그렇게 검정 봉다리 한가득 쇼핑을 하고 집으로 돌아온 나는 순식간에 주전부리부터 해치운 뒤, 장난감들을 한참 동안 만지작거렸다. 그야말로 동심으로 돌아간 시간이었다. 그 시간들은 뭐랄까… 진짜, 진짜, 진짜 재미있었다!

그 후로 나는 길을 가다가 문방구를 보면 꼭 들어가서 구경을 한다. 보통 초등학교 근처에 있는 문방구일수록 물건이 다양하고 흥미롭다. 가성비 갑인 정교한 변신 로봇을 만나기도 하고, 이목구비를 마음대로 붙였다 뗄 수 있는 동물 모양 지우개 세트같이 기발한 물건을 발견하기도 한다. 어떤 건 정말 쓸모가 없어 보이는데 지갑을 열게 하기도 하고, 또 어떤 건 정말 꼭 필요해 보여서 확신에 가득 차 사기도 한다. 예를 들면, 반짝이풀 세트 같은 거. '이런 건 사는 데 꼭 필요하지 않나. 연말에 크리스마스 카드 만들려면! 그걸 받는 친구들의 삶이 얼마나 윤택해지겠는가⋯.' 온갖 구매의 변들이 쏟아져 나온다.

심심할 때, 문방구 쇼핑만큼 가성비 좋은 유희 활동이 또 없다. 집 앞 문방구에 잠옷 바지 차림으로 산책하듯 나갔다가, 돌아올 땐 장난감과 추억의 먹을거리를 잔뜩 사 들고 오는 즐거운 여행. 거기에 동전 넣고 돌리는 뽑기와 문방구 앞 오락 게임까지 더하면 뭐, 거의 완벽한 오후를 보낼 수 있다.

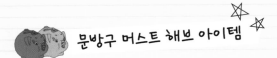

## 문방구 머스트 해브 아이템

### 빨간 돼지 저금통

아이라인을 야무지게 그린 빨간색 돼지 저금통에는 거부할 수 없는 매력이 있다. 그 앙칼진 눈매와 쨍한 컬러의 몸을 보고 있자면 '네가 나를 부자로 만들어 주겠구나' 하는 믿음이 생겨난다. 집에 굴러다니는 동전도 주워 넣고, 가끔은 꼭꼭 접은 지폐도 넣은 다음, 배를 좌악 갈라 돈을 탈탈 털어 낼 때의 쾌감은 로또 5등에 당첨됐을 때와 비견할 만하다.

### 고무줄 권총

문방구에서 고무줄 권총을 발견했을 때의 충격이 아직도 생생하다. 노란 고무줄을 걸어 방아쇠를 당기면 고무줄이 피융, 하고 날아가는데, 그 손맛이 상상 이상이다. 어릴 때 손에 감아서 날리던 고무줄 총 놀이를 해 본 사람이라면 모두 탐을 낼 아이템이다. 이제는 번거롭게 손에 고무줄을 감을 필요가 없다. 고무줄 권총에 담긴 기술의 발전과 인간의 위대함이 대단하다.

### 추억의 간식

어찌하여 우리나라 문방구에서는 간식을 파는 걸까. 기원과 이유는 알 수 없지만 이상하게 문방구에서 100원, 200원을 주고 사 먹는 간식은 언제나 꿀맛이다. 혀가 파랗게 물드는 사탕, 씹으면 이가 빠각, 하고 부서질 것 같은 옥수수 과자, 종이 팩에 얼린 음료수를 왕창 사 와서 먹으면 '그땐 이걸 왜 그렇게 좋아했을까?' 하는 의문이 들기도 하지만, 먹다 보면 또 그 자체로 재미있는 추억 체험이 된다.

### 지우개

어릴 때를 떠올려 보면, 그냥 네모난 지우개를 쓴 기억이 별로 없다. 온갖 동식물부터 김밥, 컵라면 같은 음식 모양 지우개까지 기억 속 희한한 지우개들은 여전히 문방구에서 우리를 기다리고 있다. 오래간만에 기발한 모양의 지우개로 센스를 뽐내 보자. 성능 좋은 지우개 똥 청소기와 함께 세트로 구입한다면 금상첨화! 왼손 vs 오른손의 지우개 싸움 한 판을 해 보는 것도 좋겠다.

### 조립식 장난감

전면이 유리로 되어 있는 문방구의 경우 보통 한 면 가득 이 조립식 장난감 상자가 빼곡하게 쌓여 있는데, 그 모습부터가 무척 정감 있다. 자동차와 로봇을 양대 산맥으로 하는 조립식 장난감은 동서고금, 남녀노소를 막론하고 사랑받는 아이템. 레고나 건담같이 비싸고 정교한 것들도 좋지만 의외로 문방구에서 파는 이름 모를 장난감들 중에 가성비 좋은 보물이 숨겨져 있기도 하다.

### 자물쇠 다이어리

폭신한 겉표지를 손으로 한번 쓰다듬은 뒤 펼쳐서 보려는 순간, 철컹철컹! 나름 철저한 사생활 보호 기능이 탑재된 자물쇠 다이어리는 그 시절 소녀들의 필수품이었다. 그때를 추억하며 아날로그 감성의 자물쇠 다이어리에 일기를 써 보는 건 어떨까? 보통 자물쇠가 손가락 한 마디 크기라 열쇠는 이쑤시개만큼 작으니, 열쇠를 잃어버리지 않도록 조심 또 조심하자.

# 타박타박
# 동네 지도

:
:
:

 

언젠가 책에서 작가의 어릴 적 이야기를 읽은 적이 있다. 작가는 대여섯 살 즈음, 새로운 곳에 이사를 가면 동네 곳곳을 돌아다니며 자신이 앞으로 살 곳의 지도를 직접 그렸다고 한다. 그 부분을 읽으면서 충격을 받았던 기억이 난다. 그도 그럴 것이 나는 18년을 산 동네에서도 버스를 반대로 타는 미친 방향 감각의 소유자이자, 처음 가는 장소에서 약속이 잡히면 (당연히) 길을 잃을 시간까지 고려해 집에서 몇 시간 전에 나가는 새가슴이다. 자기가 걸은 길을 지도로 그린다는 것은 남극펭귄이 갈매기 알로 머랭을 쳐서 만든 마카롱을 아프리카 코끼리에게 파는 이야기만큼이나 비현실적이라고 생각하며 살아온 사람이다. 그런데 아직 초등학교도 가지 않은 꼬마가 생전 처음 가 보는 동네의 지도를 그려 내다니!

당시에 받은 인상이 깊었던지 그 기억은 사라지지 않고 내 속 어딘 가에 가만히 가라앉아 있었나 보다. 새로운 동네로 이사 와서 적응 중인 지금, 그 기억이 다시 수면 위로 동동 떠오른 걸 보면 말이다.

퇴사를 하고 시간 부자가 된 직후, 나는 새로운 동네로 이사를 왔다. 강동구 끝자락에 살다가 강서구 끝으로, 서울을 가로질러 왔다. 우리 집 앞에 있는 지하철역은 몇 번이나 반복해도 입에 붙지 않는 생경한 이름을 지니고 있다. '양천향교, 양천, 향교? 향교? 그 향교?'

아차, '향교'라는 단어를 잊고 산 지 오래라 한참이 지나서야 양천 향교의 향교가 조선시대 지방 교육 기관을 뜻하는 그 향교라는 것을 깨달았다. 그렇다. 나의 새로운 동네에는 현재 서울에 유일하게 남은 향교가 있다. 집에서 도보로 5분 거리에 허준박물관도 있고(허준 선생이 강서구에서 태어나 자랐고, 동의보감도 여기서 집필하고 돌아가셨다고 한다. 오옷!!), 그 바로 옆에 겸재정선미술관도 있다. 어머, 뭐야, 이 동네, 재미있는데?

우리 동네가 생각보다 제법 흥미로운 곳이라는 것을 알게 된 나는 이참에 나만의 동네 지도 제작에 도전해 보기로 했다. 지극히 주관적으로 그린 추상화에 가까운 형태의 결과물이 예상되기는 하지만 그래도 재미있을 것 같았다.

운동화를 신고, 배낭에 마실 물과 당 보충을 위한 초콜릿까지 넣었다. 수첩과 펜까지 준비 완료! 누가 볼 지도를 만드는 게 아니기 때문

MEN

에스프레소 1.5
아메리카노 1.5

yeymed

에 마구잡이로 산책을 하다가 마음에 드는 것이 나오면 기록하기로 했다. 분위기 좋은 카페도 체크, 인터넷 검색으로는 절대 못 찾을 작은 철물점도 체크, 우리 강아지들 간식 살 곳도 체크, 사람이 바글바글 맛집으로 추정되는 식당들도 체크 체크!

그렇게 한참을 걷다 잠시 쉬어 갈 카페를 찾아 들어갔다. 그런데 어쩐지 카페 안에 있는 손님들의 평균 연령이 엄청 낮은 것 같았다. 거의 확실히 손님 중 내가 최고령인 것 같았다. '뭐지, 이 카페는?' 하고 생각하고 있는데 옆 테이블에 있던 여자가 갑자기 둠칫 둠둠칫, 거리며 춤을 추기 시작했다. 노트북 속 댄스 동영상을 보며 연습을 하고 있는 것 같았다. '뭐지, 이 상황은?' 생각하고 있는데 뒷 테이블에 있던 남자들의 대화가 귀에 꽂혔다.

"형, 형이 여기서 저를 막 패요. 그럼 제가 바닥을 뒹굴게요. 크크 크크."

"어 좋아, 그때 내가 떵요 떵요 이러면 네가 내 뺨을 사정없이 때리는 거지. 크햐햐햐."

'악, 뭐지? 이 사람들?' 그때 딸랑, 하고 문이 열리고 누군가 카페 안으로 들어왔다. 그러자 카페 안 모든 사람들이 벌떡 일어나더니 일제히 90도로 인사를 하며 소리쳤다.

"안녕하십니꽈아아아아악!!!!!"

'뭐, 뭐냐고 여기!!!!' 분명 평범한 카페에 들어온 것 같은데. 어째 분위기가 심상치 않다. 당황스러운 마음에 음료를 원샷하고 밖으로 나오니 카페 바로 옆에 예술대학이 있는 것이 아닌가. 그제야 둠칫 둠 둠칫이 이해되었다. 표지판을 보니 이곳에 개그연기학과가 있었다. 당황스러웠던 남자들의 대화가 이해되었다. 이해하고 나니 그제야 웃음이 터졌다. 앞으로도 기분이 꿀꿀할 때는 이 카페로 와야겠다는 생각이 들었다. 체크 체크 체크!

나만의 동네 지도를 만들기 위한 산책에는 갑자기 골목 끝에서 은밀히 러브 포션 넘버 나인을 만드는 마담 루의 작업실이 나타난다거나, 막다른 길 끝, 커다란 벽이 나오고 사실 내가 한국판 트루먼쇼의 주인공이었다던가 하는 스펙타클함은 없었다. 대신 폭신한 빵에 구석구석 박혀 있는 달콤한 초콜릿 같은 공간들을 마주치면서 앞으로 이곳에서의 일상을 은근히 기대하게 만드는 소소한 즐거움은 분명 있었다.

# 도심 속
# 사찰 나들이

.
.
.

    언젠가 강남 언저리에서 소개팅을 했을 때의 일이다. 나와 남자는 함께 밥을 먹은 뒤, 커피를 들고 근처를 걸었다. 아마도 날씨가 제법 좋았던 모양이다. 한참을 목적 없이 대로를 따라 걷는데 눈앞에 커다란 사찰이 나타났다. 우리는 누가 먼저랄 것도 없이 홀리듯 그 안으로 걸음을 옮겼다.

    문 안으로 들어간 순간 우리를 감싼 것은 커다란 정적이었다. 우리가 한 일이라고는 8차선 도로를 향해 활짝 열려 있는 문 안쪽으로 한 발짝 사뿐 들어선 것뿐인데, 거짓말처럼 주변을 둘러싸고 있던 도시의 소음이 순식간에 사라졌다. 마치 깊은 산 속에 있는 사찰로 단 둘이 여행을 온 것 같았다. 어둠과 고요가 부드럽고 두툼한 이불처럼 겹겹이 포개진 그곳에서는 이따금 찰랑이는 풍경 소리와 나지막이

불경을 읊는 소리를 들을 수 있었다. 그 소리를 듣고 있자니 어쩐지 마음이 편안해졌다.

그날 대웅전 한쪽에 앉아 남은 커피를 홀짝이며 남자가 전 여자 친구 덕분에 교회에 다니게 되었다는 이야기를 들었다. '저런 소리를 지금 왜 할까. 나는 천주교 신자인데. 그럼 나랑 사귀면 저 사람은 성당엘 다니게 될까? 그나저나 나 지금 여기 왜 이러고 있을까.' 뭐 이런 생각을 하면서도 나는 그 순간을 제법 즐겼다. 종교를 떠나서, 주고받은 이야기의 주제와 무관하게, 내가 그때를 긍정적으로 기억하는 이유는 아마도 복잡한 도시 안에 이토록 그윽한 장소가 있다는 사실을 알게 된 기쁨 때문일 것이다.

그 뒤로 종종 혼자서 조용히 시간을 보내고 싶을 때면 도심 속에 있는 사찰을 찾았다. 그렇다고 개종을 한 건 아니고. 그냥 캄보디아에 가서 앙코르와트를 찾거나, 경주에 가서 불국사를 방문하는 것같이 그곳의 운치와 분위기를 즐기는 것이다.

사찰은 기본적으로 자연 속에 있기 때문에 사찰 속 커다란 나무 그늘 아래 앉아 느긋하게 책을 읽기에 아주 좋다. 향긋한 차 한잔 마시며 바쁜 일상에 쫓겨 놓치고 있었던 것들에 대해 생각하기에도 좋고, 널따란 공간의 이곳저곳을 천천히 걸으며 나를 누르고 있던 고민거리들을 조금씩 내려놓고 오기에도 참 좋다. 그리고 무엇보다 이런 즐거움을 어디 먼 첩첩산중이 아니라 도심 한복판에서 느낄 수 있다는

것이 가장 좋다.

3층 석탑 앞에 자리를 잡고 앉아 눈을 감았다. 하늘을 헤엄치는 물고기가 바람에 흔들리며 만들어 내는 맑은 소리를 들으며 법정 스님의 『오두막 편지』 속 한 구절을 떠올린다.

"우리들의 일상이 따분할수록 사는 즐거움을 우리가 몸소 만들어 내야 한다. 즐거운 삶의 소재는 멀리 있지 않고 바로 우리 곁에 무수히 널려 있다. 우리가 만들고 찾아 주기를 기다리고 있다. … 당신은 사는 일이 즐겁지 않은가."

나는 이곳에서 혼자만의 즐거움을 찾아냈다. 사는 일이 즐겁다.
어떤가 당신은. 사는 일이 즐겁지 않은가.

사람은 저마다 따로따로 자기 세계를 가꾸면서도

공유하는 만남이 있어야 한다.

칼릴 지브란의 표현을 빌리자면

'한 가락에 떨면서도 따로따로 떨어져 있는 거문고 줄처럼'

그런 거리를 유지해야 한다. 거문고 줄은 서로 떨어져 있기 때문에

울리는 것이지, 함께 붙어 있으면 소리를 낼 수 없다.

공유하는 영역이 넓지 않을수록 깊고 진하고 두터워진다.

공유하는 영역이 너무 넓으면 다시 범속에 떨어진다.

행복은 더 말할 것도 없이 절제에 뿌리를 두고 있다.

생각이나 행동에 있어서 지나친 것은 행복을 침식한다.

사람끼리 만나는 일에도 이런 절제가 있어야 한다.


-『오두막 편지』 중에서

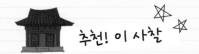

**추천! 이 사찰**

## 서울 길상사

서울시 성북구 성북동에 있는 사찰로 삼각산 남쪽 자락에 자리 잡고 있다. 원래 '대원각'이라는 요정이었는데 주인인 김영한 여사가 법정 스님에게 시주하여 사찰이 되었다. 김영한 여사는 시인 백석의 '나와 나타샤와 흰 당나귀'의 주인공이자 아름답고 애절한 러브 스토리로 유명한 백석의 연인 '자야'이다. 그래서일까, 길상사는 사연 많은 사람의 내면처럼 깊이 있는 분위기가 가득하다.

## 수원 봉녕사

봉녕사는 수원에서 가장 오래된 사찰이면서 수원 월드컵 경기장과 광교 테크노밸리 사이에 위치한 진정한 도심 속 사찰이다. 또한 봉녕사는 국내 대표적인 비구니 수행도량으로 사찰음식이 유명하다. 고려 시대 불상인 석조 삼존불과 대웅전 앞뜰에 있는 800년 된 향나무 등 볼거리도 풍부하여 한 번쯤 가 볼 만한 곳이다.

## 전주 정혜사

전주시 효자동에 있는 정혜사는 비구니 스님들의 불교 대학이다. 전주 시내 한복판에 위치하고 있음에도 입구에 들어서면 사찰 특유의 고즈넉함을 느낄 수 있다. 정혜사 바로 옆에는 꽃구경 명소인 완산공원이 있어 따스한 봄날에 찾아가 꽃구경하기에도 좋고, 전주 한옥마을에서 차로 10여 분 거리에 있으니 전주를 여행할 때 한번 들러 보는 것도 좋다.


## 속초 보광사

보광사는 속초시의 대표 관광지인 영랑호변에 있어 관광객들 사이에 이름이 난 사찰이다. 보광사에는 무려 1963년부터 운영하고 있는 유서 깊은(?) 미니 골프장이 있다. 한 게임이 1~17코스로 이루어져 있고, 요금은 인당 4천 원이라 가족이나 친구, 연인끼리 가볍게 즐기기에 좋다.

# 네버 엔딩
# 미술관 놀이

:
:
:

    회사에서 일을 하다가 참을 수 없이 화가 나거나, 머릿속이 밤고구마처럼 빽빽해서 돌아가지 않을 때, 또는 누군가와 함께 밥을 먹는 것조차 고단할 때면 사무실에서 걸어 5분 거리에 있는 서울시립미술관을 찾았다. 〈영원한 나르시시스트, 천경자〉라는 무료 상설 전시를 보기 위해서였다.

    놀이공원 롤러코스터 앞보다 몇 배는 됨직한 줄이 항상 늘어서 있는 1층을 지나, 기념품 가게 옆 작은 엘리베이터를 타고 올라가면 놀랍도록 한적한 전시관이 나온다. 그곳이 바로 천경자의 상설 전시관이다. 평일 오전이나 점심시간 즈음에 가면 10번에 9번은 나 혼자이고, 아주 가끔 나 같은 사람이 불쑥 나타날 때가 있다. 그럴 때면 그 사람도 나도 흠칫 놀란다. '뭐야, 나 같은 사람이 또 있네?' 하며 말이다. 그러고는 이내 동지애(?) 가득한 짧은 눈빛 교환을 한 뒤 각자 조용히 혼자만의 시간을 갖는다.

서울시립미술관의 상설 전시를 찾아간 건 지금 생각해도 두고두고 잘한 일인 것 같다. 노비처럼 죽도록 일만 하는 자신이 너무 불쌍했던 나는 '문화생활을 하자. 고급문화를 향유하자. 나는 노비가 아니다. 나는 대학 교육을 마친 현대 여성이다'라고 미친 사람처럼 중얼거리며 무작정 회사에서 가까운 미술관을 찾아갔었다. 그런데 마침 그곳에 천경자가 있었고, 나는 단박에 그녀의 그림에 강하게 끌렸다.

그곳에서 '천경자'라는 멋진 여성이 수많은 타국을 여행하고 돌아와 그린 그림과 써내려 간 글들을 보며 그녀가 지니고 있는 뜨끈뜨끈한 에너지를 통해 치유를 받았다. 그렇게 서울시립미술관은 회사를 다니는 내내 나의 소중한 위안처가 되었다. 그리고 지금도 마음이 복잡하거나 에너지가 필요할 때면 왕년에 좀 놀아 본 동네 언니에게 상담을 받으러 가는 마음으로 그곳을 찾는다.

나로 말할 것 같으면 같은 책을 몇번 씩 읽고, 영화도 몇 번이고 다시 보는 스타일이다. 그래서 전시를 보는 방식도 그런 취향에서 벗어나지 못한다. 본 걸 또 보는 이유는 오늘 볼 때와 내일 볼 때 느낌이 다르기 때문이다. 거기서 오는 스스로의 심리 변화를 깊이 살펴보는 게 좋다. '내가 왜 그렇게 느꼈을까? 지난주에는 이런 생각이 안 들었었는데, 지금은 왜 이럴까?' 곰곰이 생각하다 보면 스스로를 조금 더

이해할 수 있게 된다.

천경자의 작품 중에 〈화병이 된 마돈나〉가 있다. 마돈나의 머리 위로 형형색색의 꽃들이 가득 꽂혀 있는 그림인데, 화려한 아름다움 이면에 쓸쓸함과 고독을 안고 있는 가수 마돈나를 그린 것으로 유명하다. 회사에 다닐 때는 이 그림을 보며 마돈나에 감정 이입을 했었다. 남들은 좋은 회사에 잘 다니고 있다고 생각하지만 사실은 심각한 우울증에 시달리며 출근길에 매일 눈물을 뚝뚝 흘리고 있었을 때니까. 그런데 지금은 그 그림을 보면서 같은 기분이 들지는 않는다. 그냥 미용실에 가서 예쁘게 머리를 하고 싶다는 생각만 든다. 머리 위에 꽃이 핀 것처럼 풍성하고 아름답게. 아무래도 퇴사하고 맨날 놀다 보니 내 마음이 많이 괜찮아진 모양이다.

## 내가 10번 이상 반복해서 본 것들

### 법정 스님의 책들

마음이 소란스러울 때, 절망의 끝이 어디인지 알 수 없을 때, 그냥 조용히 사라져 버리고 싶을 때, 응급조치를 하듯 다급하게 찾는 책이 있다. 바로 법정 스님의 책들이다. 『산에는 꽃이 피네』, 『아름다운 마무리』, 『오두막 편지』, 『한 사람은 모두를 모두는 한 사람을』 등 수많은 그의 책에는 언제, 어떤 페이지를 펼쳐 읽어도 마음을 다독이고 치유하는 힘이 있다.

### 웹툰 〈우바우〉

2015년부터 N사 웹툰에 연재된 작가 '잇선'의 작품이다. 내가 직장을 그만두고 나서 처음으로 접한 웹툰의 바다는 참으로 넓고도 깊었는데 그중 단연 내 마음을 가장 많이 울리고, 또 위로한 작품이 바로 〈우바우, 우리가 바라는 우리〉이다. 〈우바우〉 속 주인공들이 겪는 삶의 과정은 결코 밝고 아름답지만은 않다. 그러나, 그렇기 때문에 오히려 이 작품이 독보적으로 매력 있다고 생각한다.

## 프리다 칼로의 그림들

몇 년 전, 멕시코 여행을 가서 방문했던 프리다 칼로의 푸른 집에서 나는 태어나 처음으로 '스탕달 신드롬'을 경험했다. 그때의 그 강렬한 기억 때문일까, 그 후로도 나는 종종 그녀의 작품들을 찾아본다. 그녀의 작품들을 가만히 응시하고 있으면 어김없이 감정이 요동쳐서 괴로운데도, 결코 거부할 수 없는 매력 때문에 자꾸만 다시 보게 된다.


## 바다, 바다, 언제나 바다

만약 내가 디즈니 만화 영화 〈인어공주〉 속 누군가가 되어야 한다면 나는 단연코 "The human world it's a mess. Life under the sea is better than anything they got up there!(인간 세상은 엉망이야. 바다 밑 삶은 인간들이 가지고 있는 무엇보다도 낫지!)"라고 노래한 세바스찬을 선택했을 거다. 바다가 좋다. 너무 좋다. 세상에서 제일 좋다. 10번이 아니라 10번씩 10만 번이라도 다시 보고 싶은 단 하나는 바다다. 바다가 다다.

# 두근두근
# 대학 캠퍼스

:
:
:

처음 '대학교'라는 장소에 갔던 날을 기억한다. 고등학교 2학년이었던 나는 친구들과 함께 나중에 입학하고 싶은 대학을 찾아갔었다. 뭔가 나와는 다른 세상에 사는 사람들처럼 보이던 대학생 언니 오빠들과 어깨를 나란히 하고 교문을 지나 은행나무가 줄지어 있는 기다란 길을 걷던 그때의 설렘은 10년이 훌쩍 지난 지금도 생생하다.

한창 수업이 진행 중인 강의실 문을 몰래 열고 들여다보았을 때의 그 쫄깃한 긴장감도, 교내 카페에 앉아서 마셨던 커피의 향긋함도 모두 좋은 느낌으로 기억 속에 깊이 박혔다. 대학과의 첫 경험(?)이 이토록 좋았기 때문에, 나는 그 뒤로도 내내 그 공간을 사랑했다.

대학교에 대한 나의 사랑은 여행지에서도 여전해서, 여행을 가면 그곳이 어디든 가장 가까이에 있는 대학에 가는 것을 빼먹지 않는다.

하와이에 갔을 때는 하와이 대학의 학생 식당에서 아침을 먹고, 스페인에서는 바르셀로나 대학 복도 벤치에 앉아 문틈 사이로 흘러나오는 낯선 이국의 언어를 들으며 한참 동안 앉아 있었다. 다들 사는 게 고단하고, 요즘 대학생들은 낭만을 잃은 채 현실에 찌들어 있다고들 하지만, 그럼에도 대학 캠퍼스에는 배움에 대한 열기, 젊은이들의 에너지, 그리고 오직 그때에만 경험하고 느낄 수 있는 어떤 공기가 있다. 나는 그게 좋다. 캠퍼스가 한눈에 보이는 곳에 앉아 어색한 옷차림의 남학생과 어색한 화장을 한 여학생이 어색하게 손을 잡고 걷는 걸 보고 있자면, 내 가슴이 괜히 간질간질해진다.

뭔가 상큼하고 신선한 기운이 필요한 날이면 대학교 나들이를 간다. 어떤 대학으로 가는 게 좋을까? 연극영화과가 유명한 대학에 가서 미남미녀 구경을 실컷 해 볼까, 아니면 캠퍼스 안에 기막히게 아름다운 호수가 있다는 곳으로 가 볼까? 다 좋지만 오늘은 18살 소녀일 때 그 느낌을 조금이라도 다시 만나 볼 수 있는 '동경의 대학'에 가야겠다. 지금 다시 대학에 입학한다면 가고 싶은 대학, 또는 가고 싶었지만 못 갔던 그 수많은 대학들 중에 한 곳으로 말이다.

어릴 때부터 그림 그리는 것을 좋아했다. 중학생 때엔 미술부 활동을 하기도 했고, 매일 만화를 끄적거리기도 했었다. 그러면서 자연스럽게 미대에 가는 꿈을 꾸게 되었다. 그러나 고등학생이 된 내게 엄마는 말했다. "우리 집은 가난해서 예체능은 안 된다." 나는 생각했

다. 그리고 이해했다. 엄마 말이 맞았으니까. 나는 바로 미대에 가겠다는 생각을 버렸다. 그리고 '홍대 미대'는 내게 일종의 로망이 되었다. 그래서 서른이 넘은 오늘의 나는 홍대로 간다. 가방에 종이 몇 장과 고체 수채화 물감, 그리고 붓을 챙겨 들고서.

처음에는 홍대 이곳저곳을 정처 없이 걸어 다녔다. 사실 캠퍼스 안을 걷는 것부터 조금 어색하고 부끄럽다. '지금의 신입생들과 띠동갑인 나를 저들은 뭐라고 생각할까? 교직원? 대학원생?' 그렇게 10분 정도 걷다 보면 깨닫게 된다. 학생들은 내게 개미 더듬이만큼도 관심이 없다는 걸. 그 사실을 자각한 뒤에는 고개를 바짝 들고 한결 여유로워진 마음으로 본격적인 나들이를 할 수 있게 된다.

한참을 돌아다니다가 교내에 있는 한 카페에 자리를 잡고 앉아 그림을 그리기 시작했다. 어쩐지 홍대에서는 낙서를 해도 바스키아 뺨을 날릴 것 같고, 아메리카노 국물(?)을 흘려 기껏 그린 그림이 다 번져도 우연히 탄생한 멋진 추상화 같다. 미대생들이 보고 비웃으면 어쩌나 살짝 걱정이 되기도 했지만, 내가 홍대 안에서 그림을 그리고 있다는 사실만으로도 기분이 좋아서 그 걱정은 오래가지 않았다.

반나절 정도 그렇게 혼자 놀다가 학생들 틈에 끼어 지하철을 타고 집으로 돌아오면서, 잠시나마 내게 홍대 미대생의 삶을 선물해 준 스스로에게 말한다.

"괜찮아. 자연스러웠어."

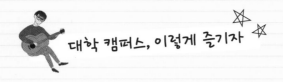

# 대학 캠퍼스, 이렇게 즐기자

### 밥맛이 끝내줘요

학생 식당과 교수 식당을 섭렵해 보자. 학교 다닐 때는 정신없이 끼니를 때우는 용도로 이용했던 곳도 지금 가면 '오늘 메뉴는 뭐지?' 하고 궁금해진다. 학생 식당도 좋고, 학교 앞 간단한 분식도 좋다. 오래간만에 추억의 그 맛을 느껴 보는 재미가 쏠쏠할 것이다.

### 벤치에 앉아 뚜비뚜바

목 좋은 곳에 자리 잡은 벤치에 앉아 책을 펼쳐 든다. 정말 집중해서 책을 읽어도 좋지만 역시 학생들을 구경하는 것만으로도 꿀잼. 풋풋한 캠퍼스 커플, 어색한 화장과 옷차림을 한 그들을 보며 엄마 미소를 지어 보기도 하고. 조금만(?) 늦게 태어났으면 번호라도 땄을 텐데! 하는 아쉬움이 일게 하는 훈남들도 구경하다 보면 어느새 시간이 훌쩍.

### 박물관이 살아 있네

대학교 안에는 박물관들이 많다. 학교를 다니는 학생들은 수업 듣느라 바빠서 들어가 보지 않는 그런 곳 말이다. 만화 역사 박물관부터 의학 박물관까지 생각보다 다양한 전시 구성에 놀랄 것이다. 나오는 길에 아트숍에 들러 작은 기념품을 하나 사는 것도 좋겠다.

### 우리 모두의 축제

대학은 뭐니뭐니 해도 축제 때가 최고로 재미있다. 대학이라는 공간은 언제나 열려 있는 곳이지만 축제 때만큼은 더욱 더 열리게 마련. 학생들이 열심히 준비한 다양한 프로그램들도 즐기고, 저녁에 주점에 들러 정체불명 안주와 술도 한잔 걸쳐 보자.

### 나도 좋고, 학생도 좋은 공연 관람

연기과나 예술학과가 있는 대학의 경우 학생들이 수시로 공연을 한다. 캠퍼스를 걷다 보면 어렵지 않게 공연 포스터를 볼 수 있다. 이런 공연은 보통 아주 저렴한 입장료를 받거나 무료인데, 관객에 목마른 학생들은 한 자리 채워 주는 당신을 반갑게 맞아 줄 것이다. 아무래도 전문가 수준의 공연을 기대하기는 어렵겠지만 그래서 더 재미있는 포인트가 있다.

### 아니 대학에 이런 곳이?

알고 보면 대학에는 재미있는 장소들이 많다. 서울대학교에 있는 미술관 MOA나, 고려대학교 아이스링크, 그리고 이화여자대학교의 아트하우스 모모가 대표적이다. 특히 고려대학교 아이스링크는 입장료를 내면 누구나 들어가 스케이트를 즐길 수 있으니 부담 없이 찾아가서 김연아의 숨결을 느껴 보자.

# 가슴이 뻥,
# 그네 타기

⋮

   놀이터를 마지막으로 갔던 게 언제일까. 대학생 때만 해도 동네 놀이터에 가서 혼자 그네를 타곤 했다. 그네 타는 걸 정말 좋아했었는데, 잊고 살았다.

   내가 기억하는 가장 어린 나는 7살 무렵이다. 그네를 얼마나 좋아했는지 해가 질 때까지 계속 그네만 타서 엄마가 놀이터로 찾으러 오기 일쑤였다. 공중에 붕, 하고 떴을 때 내 다리를 보면 다리가 하늘을 딛고 있는 것 같았다. 그 느낌이 말할 수 없이 좋았다.

   학창시절에 서정주의 '추천사'라는 시를 배웠다. 춘향이가 그네를 타면서 향단이에게 줄을 밀어 달라고 말하는 내용의 시였는데, 그때 선생님은 그네를 현실과 이상의 매개체라고 했다. 그넷줄이 현실에서 벗어나고자 하는 의지임과 동시에 현실에서 벗어날 수 없는 장애

물이자 한계라고 말이다. 그래서인지 그 뒤로는 다시 땅으로 돌아오는 그네의 운명이 답답하게 여겨졌던 것 같기도 하다.

그래도 여전히 그네는 나에게 자유였다. 눈을 감고 그네를 타면 자유롭다. 힘차게 발을 굴러 내 몸이 하늘로 솟구쳐 가장 높은 곳에 다다르는 순간, 그 짧은 순간의 무중력은 나를 어디에도 얽매이지 않은 존재로 만들어 준다. 나는 종종, 그 순간에 그넷줄을 쥐고 있던 손을 놓고 공중으로 나를 던지는 상상을 했다. 허공에 던져진 내 몸이 다시 땅으로 떨어질 때는 지금 이곳이 아닌 전혀 다른 곳으로 순간 이동을 하는 것이다.

붕 ─ 하면 카리브해에서 수영을 하고 있다거나
붕 ─ 하면 사랑하는 그 사람이 내 옆에서 해사하게 웃고 있다거나
붕 ─ 하면 사막에 누워 쏟아지는 별로 샤워를 한다거나

후후후. 생각만 해도 붕붕붕 힘이 솟는다. 그렇다. 내게 그네는 현실에서 벗어날 수 없게 하는 장애물도 아니고, 더 높이 오를 수 없게 만드는 한계도 아니다. 그네는 잠시나마 나를 현실에서 벗어나게 해 주는 탈출구이고, 그넷줄은 나를 붙잡아 아래로 끄는 속박이 아니라 나를 잠시 하늘로 들어 올려 주는 고마운 존재인 것이다.

사실 조금만 관심을 가지고 동네를 살펴보면 의외로 가까운 곳에

서 탑승 가능한(?) 그네를 찾을 수 있다. 때만 잘 맞추면 아무도 없는 곳에서 여유롭게 그네를 즐길 수도 있다. 동네 놀이터에서 그네를 타는 게 영 부끄럽거나 복작이는 어린이 군단 덕에 아무래도 내 차례가 돌아올 것 같지 않을 때는 가까운 한강 공원으로 간다. 한강 공원 곳곳에 그네가 숨어 있기 때문! 강가의 그네는 그야말로 명당 중의 명당이다. 자리만 잘 잡으면 붕 떴을 때 다리 밑으로 하늘과 강을 차례로 볼 수 있다.

붕~ 하늘! 슝~ 강! 붕~ 하늘! 슝~ 강!

아아, 정말이지 가슴이 뻥 뚫린다!

# 여행보다
# 공항 놀이

•
•
•

　나는 공항에 가는 게 좋다. 김포공항도 좋지만 공항은 역시 인천공항이다. 가는 방법은 지하철보다는 공항 리무진이 좋다. 물론 일반 버스 요금보다 훨씬 비싸지만, 공항에 가는 그 자체가 작은 여행이 되기 때문에 그 정도 비용은 감수할 만하다. 나를 태운 버스가 서쪽으로 달리다가 이윽고 서해에 가까워지고 창밖으로 바다가 보이면 어김없이 작은 흥분이 나를 감싼다.

　흥분의 바다를 지나 공항에 도착해 제일 먼저 하는 일은 '자리를 잡는 것'이다. 사람들이 끊임없이 들고나는 복잡한 카페보다는 커피를 들고 비행기의 이착륙이 보이는 커다란 창 옆 벤치에 앉는 것을 좋아한다. 그곳이야말로 사람과 비행기 구경을 한 방에 할 수 있는 최적의 장소니까. 예전에 비행기를 처음 탄 친구가 이륙할 때 내 옆자리에서 "어우야 XX, 라이트 형제 이 미친 XX들 진짜 대애박~ 대단한 XX들~ 끼효올~" 하고 소리를 질렀던 게 생각난다. 표현이 좀 과격하지만 뭐, 그 친구의 말에 동의한다. '라이트 형제 너님들 짱. 어떻게 이런 걸 만들어서 나를 이토록 행복하게 하심?' 비행기가 하늘을 나는 모습은 보기만 해도 기분이 좋아진다.

비행기 구경이 조금 질린다 싶으면 고개를 돌려 공항에 가득 찬 사람들을 구경한다. 외국에 드나드는 것이 지루한 일상인 듯 보이는 간편한 차림의 중년 남자, 정말 한국에서는 김치 냄새가 날까 호기심 어린 눈빛으로 입국장에 들어서는 외국 관광객, 분명 안이 텅 비어 있을 것 같은 (그리고 한국에 돌아올 때는 아마도 꽉 찰) 커다란 캐리어를 끌고 지나가는 핑크 색 하이힐의 여자, 대체 왜 공항에서부터 일란성 쌍둥이 룩을 뽐내는지 알 수 없는 아드레날린 과다분비 신혼부부, 유학 생활을 마치고 돌아온 듯한 교포 느낌의 학생들까지. 속으로 별 생각을 다 하면서 사람 구경을 하다 보면 괜히 내 사람들이 떠오른다. 그러면 공항 서점에서 엽서를 사서 생각나는 사람들에게 편지를 쓴다. 그리고 공항에 있는 우체국에 가서 부치는 거다. 공항 소인이 찍힌 엽서를 받은 지인이 오글거린다며 욕할 수도 있지만 괜찮다. 좋으면서 괜히들 그러는 거 다 아니까.

어떤가. 지금 당장 떠날 수 있는 상황이 아니라면, 떠남의 공기로 가득한 공간에 잠시 머물며 일상에 찌든 머리카락과 겉옷에 여행의

냄새를 잔뜩 묻혀 오는 것이. 그것만으로도 충분히 색다른 여행이 될 수 있다. 그리고 한 가지 팁! 공항에 10번 가면 한 번은 비행기를 탄다는 속설이 있다. 정말이냐고? 일단 한번 시작해 보시라. 반드시 이뤄질 테니까.

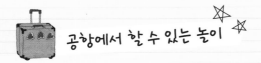

# 공항에서 할 수 있는 놀이

### 언젠가 나도 탈 거야

공항에 들어서면 가장 먼저 눈에 들어오는 건 아무래도 비행기 스케줄이 보이는 전광판이다. 화면을 보면서 낯선 나라와 도시의 이름을 웅얼웅얼 소리 내어 발음해 보는 것만으로도 괜히 가슴이 뛴다. 그러다가 문득 정말 가고 싶은 나라가 있으면 그 나라에 대해 검색도 해 보고, 그곳에 가는 상상을 해 보자. 히히, 생각만 해도 좋다.

### 공항에서 공연 즐기기

공항에서는 음악회나 무용 공연 같은 다양한 문화 예술 프로그램을 진행한다. 공항에 가서 뭔가 보고 싶다는 생각이 들면, 미리 홈페이지에서 공연 일정을 확인하고 나들이를 가는 것도 좋은 방법이다.

### 친절한 한국인 놀이

만약 지금 배우고 있는 외국어가 있거나, 쓰지 않아 잊히고 있는 외국어가 있다면 공항에서 당신의 실력을 단련해 보자. 지금 막 한국에 도착한 누군가가 길 가운데 서서 지도를 들고 두리번거리고 있다면 바로 그때가 당신이 나설 때! 친절한 미소와 함께 도움의 손길을 내밀어 보자. 메이 아이 헬프 유?

## 다양한 화폐 모으기

예전에는 우표나 외국 화폐를 모으는 사람이 많았는데, 요즘에는 그런 사람이 별로 없는 것 같다. 공항 환전소에 가서 잔돈을 환전해 보는 건 어떨까. 동전을 종이에 대고 색연필로 칠하는 간편 판화(?) 놀이를 해 보는 것도 재미있다.

## 마지막 식사

일단 스스로를 아주 먼 나라로 떠나는 사람이라고 가정해 보자. 지금 먹는 이 식사가 한국에서의 마지막 식사라고 설정한 뒤, 심사숙고해서 메뉴를 고르자. 그리고 음식이 나오면 죽기 전에 다시는 먹지 못할 고국의 맛을 최대한 오래도록 기억하기 위해 미각에 온 신경을 집중하고 감격에 겨운 숟가락질을 해 보는 거다. 자, 당신이 선택한 메뉴는 무엇인가.

## 밤의 공항

밤에도 공항에는 불이 꺼지지 않는다. 24시간 운영하는 카페에 앉아 공항의 야경을 감상하는 것은 낮의 공항에서 놀 때와는 또 다른 기분이 들게 한다. 생각할 것이 많아 머리가 복잡하다면, 반짝이는 비행기 불빛이 오르내리는 공항의 밤하늘을 보며 따뜻한 커피 한잔을 마셔 보는 것은 어떨까.

# 함께
# 행복해지는
# 놀이

•
•
•

　대학생 때 단짝 친구랑 하던 봉사활동이 있었다. 김수환 스테파노 추기경이 설립한 '우리 아기는 우리 손으로'라는 모토 아래 국내 입양만을 하는 입양원인데 봉사자를 잘 뽑지도 않을 뿐더러, 6개월 이내 건강 검진 기록을 제출하고, 사전 교육을 이수해야만 봉사가 가능해서 직장을 다니는 동안은 아무래도 할 수가 없었다. 그런데 지금은. 어머, 어느새 시간을 지배하는 자가 되어 있지 않은가. 불현듯 생각이 나 오래간만에 홈페이지에 들어가니 이건 신의 뜻인가. 바로 어제 날짜로 봉사자 모집 공고가 떠 있었다.

　'혼자 있는 시간이 많다. 낮에 할 일이 없다.' 뭐 이런 생각을 하면서도 '봉사활동을 해야겠다'는 생각은 하지 못했었다. 무용한 것이야말로 즐거움의 원천이라고 했지만, 그렇다고 유용한 것을 아예 제외할 것까지는 없었는데 말이다. 나란 인간은 이렇게 융통성이 없다. 하하. 넘쳐 나는 시간을 그냥 노는 데 쓰는 것도 훌륭한 일이지만, 자신이 쓸모 있는 사람이라는 사실을 봉사를 통해 느끼는 것 또한 상당히 즐거운 일이다. 어쨌든 스스로를 즐겁게 하는 것은 똑같다는 말이다.

부랴부랴 봉사 신청을 하고 동네 보건소에 가서 건강 검진도 하고, 새로 증명사진도 찍고 그렇게 봉사를 시작했다. 봉사 시간은 일주일에 한 번, 고작 2시간이지만 봉사활동을 하려고 길을 걷고, 버스를 잡아 탈 때부터 기분이 좋아진다. 서울이 한눈에 내려다보이는 길을 걸으며 계절을 한껏 느끼고, 머리 위로 구름처럼 퐁퐁 떠오르는 이런저런 생각들을 따라가다 보면 입양원에 가는 그 시간이 통째로 소중해지고 만다.

입양원 입구에 들어서면 봉사자에게 부여되는 고유 번호를 단말기에 입력해 출석체크를 하고 손과 입고 있는 옷, 구강까지 소독한다. 탈의실에서 옷을 갈아입고 아기들이 있는 공간에 들어가기 전에 다시 한 번 소독을 하고 마스크를 쓴다. 내가 배정받은 곳은 신생아 방이라 방에 들어가기 직전에 마지막으로 한 번 더 소독을 한다. 이 모든 준비가 끝나면 드디어, 내 두 손이 이제 막 세상에 태어난 천사 같은 아기들을 도울 수 있게 된다.

'봉사'의 사전적 의미는 '국가나 사회 또는 남을 위하여 자신을 돌보지 아니하고 힘을 바쳐 애씀'이다. 그러나 내가 이곳에서 하는 일

은 그 무엇보다 나 자신을 행복하게 해 주기 때문에 단순히 봉사라고 표현할 수가 없다. 아기들의 눈은 불순물이 하나도 섞이지 않은 순도 100퍼센트의 검은 보석 같다. 맑고, 깊고, 아름답다. 그런 눈을 가만히 보고 있으면 모든 근심이 사라지고, 복잡했던 것들이 단순해지는 것을 느낀다. 가슴속 어딘가에서 쨍, 하는 소리가 나며 순식간에 따끈해지는 기분. 동시에 아기들을 바라보는 애정이 가득 담긴 나의 눈빛이 아기들에게도 분명히 전해질 거라고 나는 믿는다. 그래서 잠시라도 아기들이 행복이나 사랑에 대해 느낄 수 있을 거라고 말이다.

어쩌면 봉사는 주는 사람과 받는 사람이 함께 행복해지는 놀이일지도 모르겠다. 입양원 봉사가 단순히 남을 위해 힘을 바쳐 애쓰는 일이 아니라 세상에서 가장 순수한 친구들과 함께하는 즐거운 놀이처럼 느껴지니 말이다. 입양원 봉사는 더할 나위 없이 감사하고 행복한 놀이다.

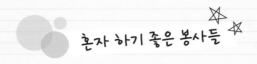

## 책 속에 풍덩, 도서관 봉사

생각보다 많은 도서관에서 지역 주민들에게 봉사의 기회를 활짝 열어 놓고 있다. 간단한 책 정리부터 열람/대출 보조 활동, 각종 프로그램 지원 활동 등 봉사의 손길이 필요한 곳은 다양하다. 책이 가득 꽂혀 있는 책장만 봐도 가슴이 두근거리는 사람이라면 도서관 봉사만큼 좋은 활동이 없다. 지금, 집 앞에 있는 도서관에 가벼운 마음으로 방문해 보자.

## 쓸모 있는 나, 재능 기부

'나 같은 게 무슨…'이라는 생각은 잠시 접어 두자. 당신의 작은 경험과 재능은 누군가에게 충분히 귀중한 도움이 될 수 있다. 청소년을 위해 기초적인 공부를 가르쳐 주는 것도 좋고, 취준생에게 필요한 다양한 조언도 좋고, 특정한 경험이나 재능을 나누며 타인에게 영감과 즐거움을 주는 것도 좋다. 요즘 방송사에서 활발하게 하고 있는 눈맞춤 캠페인이나 프리허그에 참여하는 것도 좋은 방법이다.

## 참 쉬운, 헌혈

'음? 헌혈도 봉사인가?' 하고 생각할 수 있겠지만, 사실 헌혈만큼 쉬우면서도 큰 도움이 되는 봉사활동이 또 없다. 헌혈 시간은 최소 10분에서 최대 90분까지로 선택해서 진행할 수 있다. 나의 작은 행동이 다른 사람의 건강과 생명에 직접적으로 도움이 된다고 하니 헌혈, 어찌 아니할 수 있는가!

## 무대를 넓히자, 해외 봉사

해외 활동에 관심이 많고 더 넓은 세상을 만나고 싶은 사람이라면 밖으로 눈을 돌려 해외 봉사에 도전해 보자. 환경 보호, 난민 아동 교육, 재해 피해 복구 등의 다양한 해외 봉사를 통해서 개인을 넘어 지구와 인류의 평화, 그리고 행복에 기여하는 경험을 해 볼 수 있을 것이다. KOICA나 굿네이버스 같은 평소 관심이 있었던 단체나 기구가 있다면 홈페이지에 자주 방문해 프로그램을 살펴보자.

# 혼술보다
# 혼낮술

. . .

날씨가 좋아서 맥주 한 캔에 과자 한 봉지를 들고 집 앞 공원으로 갔다. 적당히 인적이 드문 벤치에 자리를 잡고 앉아 타캉, 경쾌한 소리를 내며 맥주 캔을 따고 하늘과 눈을 맞추며 시원하고 청량한 음료를 벌컥벌컥 들이켠다.

"크아아아아~ 흐으으흥흥~ 기가 막히는구먼!!!!"

바삭바삭, 벌컥벌컥, 아삭아삭, 츄르릅, 탈탈탈, 꼴꼴꼴. 과자와 맥주를 번갈아 가며 입으로 입장시키다 보면 입안은 어느새 낮술 월드가 된다. 잠깐, 여기서 오해는 금지! 내가 즐기는 낮술은 동네 팔각정에 죽치고 앉아서 소주 5병 들이붓고 하교하는 초등학생에게 술주정하다가 파출소 신세를 질 때까지 마시는 것이 아니다. 자기 주량의 반의 반의 반의 반 정도. 그러니까 마시고 나서 내 딸 시집갈 때 챙겨 줄 원앙금침을 재봉틀보다 더 정교하게 손바느질로 꿰매어 줄 수 있을 정도만 즐기는 낮술. 딱 그 정도를 말한다.

내가 낮술을 좋아하게 된 건 대학에 입학했을 때부터였던 것 같다. 오전 11시부터 연극 동아리 선배들이랑 콩나물 돼지 두루치기나 닭 볶음탕 하나 시켜 놓고 함께 마시는 소주를 나는 좋아했다. (게다가 당시 우리 학교 앞 술집들은 낮술 할인을 해 주었다. 올레!) 그렇다고 허구한 날 대낮에 술을 마신 건 아니고. 나름 선호하는 날이 있었는데, 그건 바로 오늘같이 날씨가 좋은 날이다. (말해 놓고 보니 허구한 날인 것 같기도 하지만 일단 넘어가자.)

조금 더 좁히자면 햇살이 좋은 날, 해가 쨍쨍한 날. 그런 날 나는 어김없이 발걸음도 가벼웁게 낮술 월드에 입장한다. 술기운이 슬며시 내 몸을 맑은 개울처럼 돌돌돌 돌아다니면, 눈꺼풀에 닿는 햇살은 더 따스하고, 귓가를 스치는 바람 소리와 멀리서 불어오는 희미한 꽃향기는 더 또렷해진다. 감각이 슈퍼 히어로 급이 되는 느낌. 피식피식 괜히 웃음도 나고, 기분이 좋아져서 자잘한 걱정거리들을 툭툭 털어 낼 힘도 난다.

그래서 낮술을 마시는 장소는 야외가 좋다. 한잔 한 뒤에 술도 깰 겸 살짝 산책을 할 수 있는 공원이나 살랑살랑 가볍게 그네를 탈 수 있는 놀이터가 최적지다. (놀이터에서 맥주를 마시면 동네 양아치 같아 보여 주변 아기 엄마들에게 괜한 불안과 공포를 안겨 줄 수 있으니 행색에 신경을 쓰는 편이 좋다.)

언제부터인가 나는 여럿이 와자하게 고주망태가 되도록 술을 마시던 어린 시절과 달리 혼자서 조용히, 그리고 가볍게 마시는 낮술을 좋아하게 되었다. 혼자 가만히 앉아 있어야 햇살도 바람도 향기도 차분하게 즐길 수 있고, 취하지 않을 정도로 가볍게 마셔야 기분 전환을 한 뒤에 무언가를 시작할 수도 있기 때문이다. 예를 들면, '그래, 집에 가서 미뤄 두었던 글을 쓰자!' 하는 식이다. 그러니까 내게 있어 달콤한 낮술 한 방울은 즐거움을 넘어서 쓸데없는 걱정을 날려 주는 좋은 약이자, 막혀 있던 생각에 구멍을 뚫어 주는 작은 다이너마이트인 셈이다.

아니, 그래서 오늘 공원에서 마신 맥주와 과자 한 봉지는 무엇을 주었느냐고? 당신이 지금 읽고 있는 이 원고다. 유후!

# 새벽
# 꽃 시장의
# 매력

∙
∙
∙

    나보다 조금 더 일찍 퇴사한 선배에게 연초에 새해 인사를 했더니, 선배는 그간 독일에 가서 꽃을 공부하고 돌아와 가게를 차렸다는 소식을 전했다. 꽃이라…. 그러고 보니 예전에 지인이 플로리스트가 전망 있는 직업이라고 했던 말이 기억났다. 당시 퇴사한 지 얼마 되지 않아 불안했던 나는 '그렇다면 나도 한번?' 하는 생각을 하게 되었다. 그리고 그 길로 바로 고속터미널 새벽 꽃 시장을 방문했다. 일단 가서 보면 뭐 느껴지는 게 있겠지, 하는 마음이었다. 특별한 계획은 없었다.

    처음 가 보는 고속터미널 꽃 시장은 일단 가는 길부터 난감했다. 방향 감각과 공간 지각 능력 제로인 나 같은 인간에게 고속터미널 역은 치맥을 사랑하는 내 마음처럼 넓고, 처음 연애하는 여자 마음처럼 복잡하여 길을 잃지 않을 수가 없었다. 얼마나 헤맸을까, 저 멀리서 한 여자가 신문지에 싼 커다란 꽃 무더기를 들고 내 쪽으로 걸어왔다. 이런 표현이 맞는지 모르겠는데, 그때 내 눈에는 그녀가 산신령 같았다.

"신령님, 아름다운 꽃을 구하려면 어디로 가야 하나요?"

"네 눈앞에 있는 에스컬레이터를 타거라, 이 멍청한 여인아."

우헤헤. 오키도키요. 신령님이 알려 주신 에스컬레이터에 몸을 실으니 과연! 어디선가 꽃향기가 나기 시작했다! 전에 남대문 시장에 있는 꽃 시장을 가 봐서 대강 짐작은 했지만 역시 새벽 꽃 시장은 정신이 하나도 없었다. 꼬불꼬불 좁은 길바닥에는 줄기와 잎이 가득 떨어져 있고, 좁은 판자 위에는 칸칸이 서로 다른 빛깔과 모양의 꽃들이 무너질 듯 아슬아슬하게 쌓여 있었다. 그리고 무엇보다 내가 놀란 건 사람이 너무 많다는 사실이었다. 아침 6시 반인데 말이다. '다들 이 시간에 안 자고 뭐하는 거야!!!! 이 멋쟁이들!!!!' 그 찰나에 나는 그동안 어둑한 게으름에 간장 게장처럼 푹 절어 지냈던 시간을 반성했다. '오, 새벽 꽃 시장 방문의 순기능이 벌써 시작된 건가?'

꽃을 파는 사람, 사는 사람, 여기서 사다가 다른 곳에 파는 사람, 발 디딜 틈 없이 가득한 사람들 사이를 누비며 아무런 목적도 없이 그냥 구경 온 나는 바티칸에서 교황이 집전하는 미사에 혼자 간 동자승처럼 어리둥절했다. 한참 동안 정신을 못 차리고 멍하니 서서, 바삐 오가는 사람들에게 방해물 취급을 당하며 어깨빵을 48번 정도 당하고 나니 어느새 내 손에는 꽃 몇 단이 쥐어져 있었다. 무슨 정신으로 꽃을 샀는지 기억이 나지 않을 지경이었지만 그 와중에 그걸 꽃다발로 만들겠다며 꽃다발을 만들어 주는 가게를 찾아갔다. (꽃 사는 곳 따로, 다발 만들어 주는 곳 따로인 것도 참으로 신기방기했다.)

꽃다발을 만들어 주시는 분은 40대 중반 정도 되어 보이는 아저씨였는데 어쩐지 꽃이랑 너무 안 어울리는 비주얼이라 나도 모르게 어떻게 이 일을 하게 됐는지 묻게 되었다.

"왜? 아가씨도 이 일에 관심 있어?"

"아, 그냥 조금요. 헤헤."

"아가씨, 한 손으로 장미 100송이 잡고 들 아귀힘이랑 팔 힘 있어?"

"헐, 아니요. (생각조차 못 했던 질문이다!!)"

"이거 거의 막노동이야. 몸이 힘들지. (이 말에 나는 바로 플로리스트의 꿈을 포기했다.) 나는 원래 공대생이었어. 박사까지 할 계획이었는데 공부를 하다 보니 점점 이 길이 아닌 것 같다는 생각이 들더라고. 그때 우연히 꽃 일을 하게 됐는데, 꽃을 만지면 너무 행복한 거야. 그래서 공부 때려치우고 이 일을 한 지 이제 10년 됐지. 사실 지금도 꽃을 보면 너무 좋아서 내가 보려고 꽃을 사."

뭐야 이 아저씨, 힘들다면서 또 행복하대. 행복한 아저씨가 만들어 준 꽃다발을 들고 집으로 오면서 아저씨의 꽃처럼 내게도 분명 그 아저씨 같은 행복한 꿈이 있을 거라는 생각을 했다. 그리고 그 뒤로 '앞으로 나 뭐 해서 먹고 살지?' 하는 불안이 엄습할 때마다 고속터미널로 향했다. 모두가 잠든 이른 새벽 막노동에 가까운 일을 하면서도 웃고 있는 사람들과 꽃향기가 가득한 곳. 그곳에서는 무성하게 자란 불안을 잘라 내고, 그 자리에 희망과 다짐을 새로 자라나게 해 주는 멋쟁이들이 바빠 행복하다.

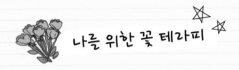

# 나를 위한 꽃 테라피

## 안개꽃

그런 날이 있다. 내가 한없이 작게 느껴지는 날, 내가 아무것도 아닌 것 같은 날. 그런 날에는 안개꽃을 만나 보자. 손톱보다도 작은 꽃 안에 오밀조밀 야무지게 들어차 있는 꽃잎을 보면 '작으면 어때, 작아도 이렇게 예쁜걸!' 하는 생각에 힘이 날 것이다. 게다가 안개꽃은 잘 말려서 유리병 안에 보관해 두고 두고 볼 수 있으니 꽃이 급할 때(?) 비상용으로도 좋다.

## 라넌큘러스

겹겹이 빼곡하게 가득 차 있는 꽃잎이 매력인 라넌큘러스는 스트레스를 받았을 때 스스로에게 선물하면 좋은 꽃이다. 라넌큘러스는 가만히 보고 있으면 어쩐지 한가득 베어 물고 싶다는 생각이 들 정도로 탐스러워 식욕을 자극한다. 스트레스 지수가 높은 날이라면, 라넌큘러스를 크게 한 다발 식탁에 꽂아 두고 맛있는 음식을 왕창 먹어 버리자!

## 레몬밤

레몬밤의 꽃말은 '위로, 애정'이다. 위로가 필요한 날, 스스로를 더 예뻐해 줘야 겠다는 생각이 드는 날이라면 향긋한 레몬밤 화분을 사서 창가에 두고 곁에 앉아 보자. 물론, 레몬밤으로 허브 티를 만들어 한잔 마시면 더 바랄 것이 없다!

## 폼폼 소국

동글동글 귀여운 방울 모양의 폼폼 소국은 보고만 있어도 웃음이 나는 기분 좋은 꽃이다. 노란색, 보라색, 핑크색, 연두색 등 다양한 색상의 폼폼 소국으로 작은 꽃다발을 만들어 집 안 곳곳에 두면 문득 마주칠 때마다 깜짝 선물을 받은 듯 반가운 마음이 든다. 꽃다발을 만드는 김에 넉넉히 만들어 친구에게 선물하면 친구의 얼굴에도 폼폼, 비눗방울 같은 웃음이 피어날 것이다.

# 빠져 보자,
# 만화방

·
·
·

　지금은 거의 자취를 감추었지만 예전에는 동네마다 만화 대여점이 있었다. 어릴 때부터 나와 오빠는 만화 대여점에서 거의 살다시피 했는데, 나보다 더 심했던 우리 오빠는 집 앞 대여점에 있는 만화를 다 봐서 다른 만화 대여점에 간 적도 있다. 사정이 이렇다 보니 우리 남매는 집 앞 대여점의 VVVIP였고, 언제나 특별 서비스를 받았다. 내가 받은 서비스는 하이틴 잡지 부록이었는데, 대여점 사장님은 H.O.T 캐릭터 상품이나 원타임 브로마이드 같은 것들을 따로 챙겨 두었다가 주곤 하셨다. (나중에 그거 다 팔아서 허니패밀리 팬클럽 가입비로 썼다. 즉흥교 랩교! 프리스타일 랩교!)

　좌우지간 나는 지금도 만화를 굉장히 좋아한다. 요즘에는 대여점이 거의 없어서 만화책을 사서 읽거나, 만화방에 간다. 예전에 살던

동네에는 오래된 만화방이 있어서 회사에 다닐 때도 퇴근하고 한두 시간 정도 만화를 봤다. 주로 스트레스를 많이 받은 날에 만화방 아래에 있는 아주 매운 라면 가게에서 혼자 라면을 먹고, 달달한 커피를 사서 만화방에 가면 그렇게 적절한 위로가 없었다.

당시에 내가 갔던 만화방의 풍경은 일단 낡은 2인용 갈색 소파 앞에 작은 테이블 하나씩, 한 방향을 바라보도록 되어 있는 구조다. 주고객은 추리닝을 입은 아저씨들, 가끔 만화방에서 직접 끓여 주는 라면을 먹기도 하고, 중국 음식이나 된장찌개 정도는 자유롭게 시켜 먹을 수 있는 분위기였다. 담배 냄새가 좀 나기는 했지만 주인공들이 뽀뽀를 하느냐 마느냐에 집중하다 보면 세상에는 오직 나와 만화책뿐. 아무것도 안 들리고, 아무 냄새도 안 나는 경지에 이른다. 뭐 요즘에는 카페같이 깔끔한 만화방도 많으니 담배와 음식 냄새가 싫은 날에는 그런 곳에 가면 된다.

혼자 만화방에 가는 것은, 혼자 서점이나 도서관에서 책을 읽거나 혼자 영화를 보러 가는 것과 같은 맥락의 매력이 있다. 무언가를 읽거나 보는 건 어차피 결국 혼자 해야 하는 일들이니까 울적한 마음이 쓸데없이 끼어들 틈이 없다. 작가와 감독이 만들어 놓은 새로운 세계에 들어가면 주인공과 함께 그들의 삶과 감정을 느끼며 현실을 잠시 잊을 수 있다. 게다가 마지막 책장을 덮고, 엔딩 크레디트가 올라갈 때는 주인공의 삶에 내 삶을 빗대어 보고 다양한 위로와 메시지들을 얻을 수도 있다.

간혹 '다 큰 여자애가 뭐 하는 거냐?'고 하는 사람들이 있는데 그런 사람들을 위해 최근에 내 심장을 쿵 하고 떨어뜨린 만화 속 대사 하나를 공유하고자 한다.

"있잖아, 나나. 꿈이 이루어지는 것과 행복해지는 건 왜 다른 문제인 걸까? 그걸 아직도 모르겠어." _아이 야자와 〈나나〉

꿈이 이루어지는 것과 행복해지는 것이 다른 문제라는 것을 이해할 수 있는 건 스물보다 서른, 서른보단 마흔이 아닐까. 예전에 대학 선배가 만화 〈원피스〉에는 일과 사랑, 그리고 인생이 다 담겨 있다고 한 말에 나는 이제 와 크게 고개를 끄덕인다.

당신도 내 말에 동의하는가? 그렇다면, 자, 이제 그만 자리 털고 일어나 다 함께 만화방으로 가자능!

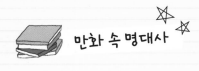# 만화 속 명대사

재능이란 건 믿는 거란다. 자기 자신을 믿는 것.
그렇게만 하면 넌 빛날 거야.
인간이란 말이야. 누구라도 반드시 빛나는 순간이 있단다.
– 〈유리가면〉

내가 어른이 되면 누군가가 '됐어'라고 말해 주면 좋겠다.
아직 안 됐으면 '안 됐어'라고 말해 주면 좋겠다.
그럼 나도 좀 안심이 될 것 같다.
그럼 나도 좀 알 것 같다. – 〈보노보노〉

언제나 기대는 배반당하고 행운은 오래 계속되지 않고
인생은 늘 생각대로 되지 않는다.
그래도 행운이 불운으로 바뀌는 일이 있다면
불운이 행운으로 바뀌는 일도 있지 않을까?
그렇게 믿고 살아간다. – 〈우리들이 있었다〉

진실로 강해진다는 것은 상대보다
먼저 시련의 중압에서 해방된다는 것이다. - 〈신암행어사〉

매일 행복하진 않지만
행복한 일은 매일 있어. - 〈곰돌이 푸〉

전요. 뭔가를 즐겁게 기다리는 것에 그 즐거움의
절반은 있다고 생각해요. 그 즐거움이 일어나지 않는다고 해도,
즐거움을 기다리는 동안의 기쁨이란 틀림없이 나만의 것이니까요.
- 〈빨간머리 앤〉

# 짜릿짜릿
# 손맛,
# 실내 낚시터

.
.
.


어느 주말, 할 일 없이 TV를 보고 있었다. 세 배우가 세 끼 챙겨 먹는 것을 보여 주는 리얼리티 프로그램이었는데, 그중 한 명이 돔을 잡는 것에 집착하고 있었다. 새벽같이 일어나 보기만 해도 아찔할 바위 위에 서서 하루 종일 물고기를 잡으려고 눈에 불을 켜고 있는 그를 보면서 생각했다.

'저게 그렇게 재미있나?'

그리고 언젠가 친구가 했던 말도 함께 떠올랐다.

'낚시는 나중에 은퇴하고 하려고. 한번 빠지면 미친대. 그러니까 한창 일할 나이인 지금 말고, 나중에 은퇴하고 시간 많아 할 일 없을 때 시작하려고.'

낚시에 뭔가 있기는 한가 보다. 나는 궁금해졌다. 그래서 자리를 박차고 일어나 집에서 가까운 실내 낚시터로 향했다.

낚시터의 문을 열면 가장 먼저 다가오는 건 냄새다. 그렇다. 향기가 아니라 냄새. 노량진 수산시장이나 자갈치 시장에서 느낄 수 있는 짠내 나는 비린내가 아니라 오래된 연못에서 나는 쾌쾌한 비린내가 코를 후려친다. 처음 낚시터에 오는 사람이나 비린내를 싫어하는 사람들은 '그냥 집에 갈까?' 하는 마음이 들 수도 있을 정도다. 그렇다고 거기서 그냥 돌아 나가는 건 금물이다. 비린내는 곧 사라지기 때문이다. 어떻게 냄새가 사라지는지 궁금한가? 그럼 일단 낚싯대와 떡밥을 야무지게 챙겨서 자리를 잡고 앉아 보자.

그다음에는 사실 특별히 할 게 없다. 그냥 낚싯바늘에 떡밥을 끼우고 물로 휙 던진 다음 야광으로 빛나는 찌가 쑥, 내려가거나 혹, 올라가는지 뚫어져라 쳐다보는 게 전부다. 낚시를 하기 전에 항상 했던 생각이 '저렇게 가만히 있으면 안 지루한가?'였는데, '어머나 세상에 왜 그런 바보 같은 생각을 했지?'라는 생각이 들 정도로 물고기를 기다리는 일은 지루하지 않았다. 최소한의 조명만 켜져 있는 어두운 실내 낚시터에서 눈앞에 있는 새끼손가락만 한 찌를 보고 있으면 마치 어두운 방 안에서 촛불 하나를 켜 두고 명상을 하는 것 같은 기분에 빠져들게 된다. 불꽃을 바라보면서 머리를 텅 비우는 것처럼 찌의 움직임에 집중하고 있으면 잡념이 사라지고 마음이 편안해진다.

그러다가 손끝으로 고기의 움직임이 묵직하게 느껴지고 낚싯대가 잘 그린 아치형 눈썹처럼 아름답게 휘어지면 평온했던 마음은 갑자기 흥분으로 가득 찬다. 고기를 낚아 올리는 그 순간만큼은 노인과 바다의 주인공이 된 것만 같은 기분이 든다. 아이고 그건 좀 오바다, 라고 생각하는 사람이 있으면 낚시를 한번 해 보시라. 내가 실내 낚시터에서 잡은 700그램짜리 붕어가 산티아고가 잡은 700킬로그램의 청새치보다 찬란하게 빛나는 것을 볼 수 있을 테니까.

낚시가 주는 즐거움은 두 가지다. 복잡한 생각을 털어 낼 수 있다는 것과 짧은 시간에 커다란 성취감을 맛볼 수 있다는 것. 그리고 이쯤 되면 처음의 그 비린내는 온데간데없이 사라진다.

그런데 사실 요즘에는 영문도 모른 채 온 입에 바늘 구멍이 뚫려 평생을 좁은 수조에서 살아야 하는 고기들을 생각하면 내가 하는 짓이 잔인한 동물 학대일 수 있겠다는 생각이 들어 실내 낚시터로 향하는 발길이 예전 같지 않다. 낚시를 어디에서 즐기느냐는 선택의 문제겠지만 앞으로는 죄책감을 느끼지 않아도 되는 낚시를 즐기는 쪽으로 방향을 바꿔야 할 것 같다.

그러니까 내가 지금 앞으로는 배를 타고 바다 낚시를 가겠다는 말을 하고 있는가 보다. 망했네. 그럼 은퇴하고 뭐 하지? 아, 평생 현역으로 살면 되겠다.

내 인생에 은퇴는 없다. 하하하. 낚시 만세!

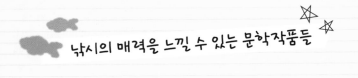

# 낚시의 매력을 느낄 수 있는 문학작품들

## 노인과 바다

어니스트 헤밍웨이의 작품이다. 84일째 물고기를 한 마리로 잡지 못한 늙은 어부 '산티아고'가 끝내 낚시를 포기하지 않고 다시 바다로 나가 자신의 배보다도 더 큰 청새치를 잡아 돌아오기까지의 과정을 담고 있다. 며칠에 걸쳐 물고기와 사투를 벌이는 노인의 모습에서 낚시꾼이 월척을 낚아 올릴 때의 흥분과 비장함에 가까운 마음을 느낄 수 있다.

## 흐르는 강물처럼

브래드 피트가 출연한 영화로도 유명한 노먼 매클린의 소설이다. 이야기를 따라 흘러가다 보면 마치 아름다운 자연 속에서 플라이 낚시를 하고 있는 듯한 황홀한 착각에 빠지게 된다. 소설 속 주인공의 아버지는 이렇게 말한다. "기억해라. 낚시란 말이야, 10시 방향과 오후 2시 방향 사이에서 이루어지는 네 박자 리듬이야." 이 말을 이해하려면 아무래도 직접 플라이 낚시를 해 보는 것이 좋겠다.

## 낚시꾼 요나스

여기 낚시를 무척이나 좋아하지만, 매일 작은 물고기만 잡는 낚시꾼 요나스가 있다. 그는 평생에 한 번만이라도 큰 물고기를 잡아 보고 싶다. 어쩐지 남의 이야기가 아닌 것 같은 이 작품은 화가이기도 한 독일의 작가 라이너 침닉의 그림책이다. 심플하면서도 섬세한 그림과 함께 낚시를 즐기는 요나스의 걸음을 따라가다 보면 낚시를 넘어 삶에 대한 깊은 생각에 빠지게 된다.


## 사막에서 연어 낚시

영국의 작가 폴 토데이의 데뷔작이고 이완 맥그리거 주연의 영화로도 만들어졌다. '예멘에서의 연어 낚시'라는 소재부터 굉장히 독특한 이 작품은 사막 고원지대에 위치한 예멘에서 스코틀랜드 연어 낚시를 실현하는 황당한 프로젝트에 참여한 주인공의 이야기를 담고 있다. 유쾌한 정치 풍자 코미디 장르의 소설이지만 낚시에 대한 따뜻한 시각과 통찰도 함께 느낄 수 있다.

# 높이
# 올라가서
# 작아지기

:
:
:

　어릴 때부터 나는 유난히 높은 곳을 좋아했다. 집에 있는 5단 서랍
장의 서랍을 계단처럼 만들어 기어올라가는 것부터 시작해서 엄마
가 입혀 준 핑크색 드레스를 입고 집 앞 공원에 있는 사과나무 위에
올라가 누워 있거나 가지에 대롱대롱 거꾸로 매달리기까지. 나는 늘
낮은 곳과 높은 곳 중에서 높은 곳을 선호했다. 고등학교 때는 5층 교
실 창가에 걸터앉아 만화책을 보다 학생이 위험하다는 연락을 받고
뛰어 올라온 교장선생님에게 뚜드려 맞은 기억도 있…다….

　뭐 아무튼. 다 커서도 그 버릇은 어디 못 가서 나는 지금도 틈만 나
면 높은 곳을 찾는다. 이제 서랍장이나 나무 정도로는 성에 안 차니
주로 건물 옥상이나 소위 전망이 좋다고 하는 높은 지대를 찾는다. 왜
높은 곳에 올라가는 게 좋을까. 생각해 보면 높이 올라가 내려다보는

풍경과 높은 곳에 가면 바뀌는 내 시야, 이 두 가지 때문인 것 같다.

높은 곳에서 내려다보면 내가 들어가고 싶었던 대학, 나를 면접에서 떨어뜨린 회사가 성냥갑보다 작아 보인다. 나를 괴롭히던 인간들은 개미만큼, 아니 먼지만큼 작아진다. 그럼 어쩐지 마음이 편안해진다. '뭐야, 별것도 아니잖아!' 하는 생각이 든다고 할까? 그리고 높은 곳에 서면 시야가 뚫린다. 내 시야에 걸리는 것들, 마음을 어지럽히는 이런저런 못 볼 꼴들은 다 사라지고 텅 빈 하늘의 여백이 눈과 마음의 피로를 정화시킨다.

내가 가장 좋아하는 장소는 낙산공원. 성곽 앞에 있는 벤치에 앉아 음악을 듣거나, 책을 읽거나, 낮잠을 자거나, 그냥 멍하니 앉아 머릿속 잡념들이 지들 멋대로 굴러다니는 것을 구경하며 흘러가는 시간을 천천히 즐기는 것이 나의 놀이다. 논다는 건 재미있는 일을 하며 즐겁게 지내는 것을 뜻한다. 너무 쉽지 않나. 노는 건 별게 아니라 그냥 재미있고 즐거우면 된다. 특별한 것 없이 자신이 좋아하는 장소에 있는 것만으로도 충분히 재미있고 즐거울 수 있기 때문에, 내게는 그냥 높은 곳에 올라가 앉아 있는 것이 최고의 놀이다.

재미와 즐거움 같은 건 무척이나 개인적이고 주관적인 것이기 때문에, 우리는 어쩌면 누군가와 함께 놀 때보다 혼자 놀 때 더 큰 만족을 얻을 수 있는지도 모르겠다. 그래서 나는 오늘도 내 시간을 가장 여유롭고 게으르게 쓰면서 혼자 놀기 위해 서울 성곽 길 한편에 있는

벤치에 드러누워 언젠가는 더 높이 올라가 지구를 내려다보며 '하하하, 별것도 아니잖아!' 하고 웃고 있는 내 모습을 상상한다.

Dolce Far Niente, 돌체 파 니엔떼!
지금의 이 게으름이 아찔하게 달콤하다.

…맘튜던트 린이는
자투리 시간을 활용해
야무지게…

## 혜린

늦깎이 대학원생이자 아기 엄마다. 페이스북에서 〈내가 니 엄마〉라는 육아 페이지를 운영 중이다. 회사를 그만두고, 아이를 키우면서 동시에 공부까지 하느라 여유 부리며 놀 시간이라고는 없다. 그래서 더욱 혼자라도 좀 놀고 싶다. 일상 속에서 생활밀착형 놀이를 찾아내는 데 선수.

어릴 때 〈메리 포핀스〉라는 영화를 보고 마음에 사진처럼 남아 있는 기억이 하나 있다. 메리 포핀스의 가방에서는 세상의 모든 것이 나왔다. 심지어 장롱과 침대까지. 친구들이 가방이 왜 그렇게 크냐고, 뭘 넣고 다니는 거냐고 물을 때마다 메리 포핀스는 이렇게 답했다. "나는 메리 포핀스거든."

나 역시 단 한순간도 가방에 필요한 물건만 가지고 다닌 적이 없었다. 혹시라도 생길 공강 시간에 읽을 책 한 권, 어쩌다가 비는 시간이 생기면 써야 할 노트북, 이동 중에 손이 심심할까 봐 겨울철에는 뜨개질거리를, 심지어는 학 종이를 한가득 갖고 다니기도 했다. 그랬다. 나는 언제나 놀아야 하는 사람이었다. 혼자여도 둘이어도 언제나 틈틈이 시간을 쪼개서 놀았다. 사람들은 제발 좀 쉬라고 했지만 나에게는 쉬지 않는 것이 쉬웠다. 누구보다 잘 놀았고 바쁘게 지냈다. 취업과 결혼 그리고 출산까지 숨 가쁘게 생의 과업들을 해 왔고 이제 늦깎이 대학원생이 되었다. 그래서 더더욱 놀 시간이 없다. 하지만 그래도 나는 논다.

삶의 짐들을 잠시 내려놓고 느끼는 아주 사소한 여유 시간에 나는 다시금 아이의 즐거운 유모, 메리 포핀스가 된다. 그리고 주문처럼 외운다. 말하면 즐거워지는 그 말, 수퍼칼리프래글리스틱 엑스피알리도셔스!

# 필사의
# 즐거움

:
:
:

업체 미팅을 하는데 상대편 업체 신입사원이 노란색 만년필을 꺼내 들었다. 사각사각 펜 끝 소리에 절로 눈이 가서 계속 그 손끝만 쳐다보았다. 무언가에 홀린 듯 초록색 검색 창에 '노란색 만년필'을 치고는 바로 주문해 버렸다. 그게 나의 첫 만년필 라미다.

펜을 잃어버리기 일쑤였던 나에게 꽤 오랜 시간 붙어 있었던 라미. 그렇게 만년필을 쓴 지 4년 차. 이제 일반 볼펜은 미끄러워 잘 쓰지 못할 지경이 되었고, 만년필로 무언가를 꾹꾹 눌러 옮겨 적는 필사는 꽤 재미있는 놀이가 되었다.

필사를 돕는 필기구는 다양하다. 필기구에 따라 필사의 즐거움이 배가 되기도, 줄어들기도 한다. 날이 잘 선 연필로는 시 한 구절을 옮겨 적어 본다. 윤동주의 시는 꼭 연필로 적게 된다. 거칠게 서걱거리는 소리가 시인의 아픔과 닮아서일까.

붓펜으로는 아주 진지한 궁서체로 세상에서 가장 가벼운 말들을 적어 본다. '마더파더 젠틀맨', '저스틴비버후뤠이' 같은 말들을 한글로 음독해 적다 보면 별 쓸데없는 것에 정성을 쏟고 있는 내가 한심하면서도 조금은 신선하고 대견하다. 분노가 훅 하고 올라올 때면 붓펜을 들고 욕을 적기도 한다. '네 이년', '꺼져' 같은 독설들을 크게 적고 나면 마음까지 뻥 뚫리는 기분이다.

만년필은 무엇을 써도, 어떻게 써도 멋지다. 균일하지 않은 잉크의 흐름이 만들어 내는 미묘한 멋이야말로 만년필의 매력이 아닌가. 아주 일상적인 문구도 멋있게 만들어 주는 마력의 필기구. 적응의 시간이 필요한 것도 매력적이다. 길들이는 맛이 있달까. 만년필이 비로소 내 손에 맞을 때 필사는 더욱 즐거워진다.

나의 첫 필사는 한강의 단편소설 「몽고반점」이다. 숨이 막히는 소설의 묘사들을 적으며 글씨 하나하나에 숨을 불어넣느라 사라진 몽고반점이 다시 나타날 지경이었다. 섬세한 감정선을 펜 끝으로 따라가면서 글씨 끝으로 한 편의 영상이 보이는 신비로운 경험. 아무 의미가 없던 글도 내 손끝을 지나면 의미가 생긴다. 그렇게 글 하나하나에 숨을 불어넣는 것, 그것이 필사의 즐거움이 아닐까?

사실 나는 왼손잡이다. 오른손으로 글씨 쓰는 연습을 하다 보니 왼손을 덜 쓰게 됐다. 나에게 왼손으로 글을 쓰는 건 과거로의 시간여행과도 같다. 왼손으로 무언가를 쓰기 위해서는 머릿속에 거울을 세팅해야 한다. 글자를 반대로 뒤집어 자연스럽게 쓰는 것이 포인트다. 즉, 왼쪽 방향으로 글자를 변환하는 것이다. 써 놓은 글자를 보면 5살 조카가 쓴 글씨 같다. 순서도 획도 엉망인 유년 시절의 그 글씨.

처음 글씨를 쓰던 그때의 기억으로 다시 돌아간다. 그러면 마치 낡은 사진 위에 서 있는 것 같다. 그렇게 다시 어린 시절로 돌아가 왼손으로 펜을 잡는다. 왼손으로 편지를 적다 보면 그 어느 때보다 정성스러운 편지가 완성된다. 꾹꾹 눌러 담은 진심으로 적어 가는 차분한 글씨, 그리고 사각거리는 연필 소리. 다시 순수했던 시간들로 돌아가는 것 같아 마음이 편안해진다.

필사를 하기 전에는 손끝에 키보드가 달렸으면 좋겠다는 생각을 할 정도로 글씨를 쓰는 게 쉽지 않았다. 쉽게 쓸 수 있기에 한없이 가벼워지는 글 때문에 마음이 답답해지면 필사를 한다. 느리지만 천천히, 그 느림 속에 작게 퍼지는 쉼의 향기가 따뜻하다.

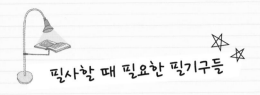

## 필사할 때 필요한 필기구들

### 수성 색연필

수성 색연필로 글씨를 쓴 후 물을 몇 방울 떨어트려 주면 수채화 느낌이 난다. 필사한 내용이 슬프고 아리다면 물방울을 떨어트려 감정을 담는 것도 방법. 색연필에 물을 묻혀 필사한 노트 구석에 그림을 그리면 서정적인 느낌을 줄 수도 있다.

### 딥펜

펜대에 펜촉을 끼워서 잉크를 찍어 가며 쓰는 형태의 펜이다. 펜촉의 종류가 다양하고 두께나 필기감의 차이가 커서 저렴한 가격으로 다양한 느낌의 필기구를 경험해 볼 수 있다. 사각사각 하는 소리와 펜의 연성이 매력적이다. 가격도 착해서 필사 입문 필기구로 제격이다.

### 만년필

익숙해지기까지 조금 시간이 걸리지만 한번 쓰면 빠져나올 수 없다는 만년필의 세계. 힘을 꼭꼭 주어 써야 하기 때문에 한 자 한 자 정성스럽게 필사를 할 수 있다.

## 아트펜

캘리그래피 입문용으로 많이 쓴다. 끝부분이 납작한 아트펜을 사용하면 초보자도 독특한 느낌의 글씨를 쓸 수 있다.

## 붓펜

동네 문구점에서도 쉽게 구할 수 있고 재미있는 느낌의 글씨들을 구현할 수 있다. 힘을 주는 정도에 따라 글씨가 달라지기 때문에 색다른 즐거움을 맛볼 수 있다. 가벼운 내용들을 정자체로 진지하게 써 보는 것도 재미 중에 하나다.

## 나무젓가락

연필깎이에 깎아서 사용하거나 칼로 깎을 수도 있고 있는 그대로 사용하기도 한다. 잉크에 찍어서 좋아하는 문구를 간단하게 적어 보면 터프하고 색다른 질감을 느낄 수 있다.

# 소분의
# 재발견

:
:

아이가 이유식을 시작하면서 멘탈과 영혼이 빠져나가는 경험을 했다. 이유식에 들어갈 온갖 채소와 과일을 잘게 다지다 보면 영혼까지 다져지는 듯했다. 손목이 아프다고 소리를 지르지만 어쩔 수 없었다. 새끼를 먹여 살려야 하는 어미 새에게 관절의 안녕 따위는 사치일 뿐.

채소를 잘게 다지고 소분하는 것은 꽤나 복잡하고 사실 귀찮은 일이기도 했다. 그런데 몇 번의 시행착오를 거치고 나서 깨달았다.

이토록 행복한 소분이라니!

따각따각 요란한 소리를 내며 재료를 자르는 것은 소분의 첫 번째 일이다. 칼끝에 모든 신경을 집중하고 소리를 듣는다. 리드미컬한 소리가 머리를 맑게 해 주는 듯하다. 처음에는 믹서기를 쓰다가 칼이

내는 소리가 좋아 언젠가부터 칼을 꺼내 들었다. 셰프들처럼 멋들어지는 소리가 나지는 않지만 하면 할수록 느는 게 칼질이다. 칼질의 속도와 정확성이 늘수록 소분하는 즐거움도 는다.

각종 채소들은 필요와 용도에 맞게 정리해 놓는다. 파는 3가지 버전으로 자르는데, 잘게 다지거나 굵게 썰거나 가늘고 길게 썬다. 파가 아삭아삭 썰릴 때 그 느낌이 참 좋다. 당근은 카레용 깍둑썰기와 이유식용 잘게 다지기 두 가지로 소분해 놓는다. 이때 물기를 최대한 없애는 것이 오래 보관할 수 있는 팁이다. 고기류는 소분해서 보관하면 꽤 편리하다. 큰 덩어리를 해동했다 일부만 쓰고 다시 얼리면 맛이 많이 떨어지기 때문에 작게 소분해 놓으면 자기 머리를 쓰다듬어 주고 싶을 정도로 유용한 팁이 된다.

썰지 않고 그대로 작은 용기에 담는 경우도 많다. 냉동 블루베리, 칵테일 새우, 바지락 조개 같은 것들은 작게 나누어 담으면 필요할 때 바로 꺼내 쓸 수 있어 편하다. 물론 그렇게 영원히 빙하기로 접어들기도 한다는 건 안비밀이다.

소분할 때는 하나씩 톡톡 꺼내서 쓸 수 있는 전용 용기를 쓰는 편이다. 칸 하나에 용량이 정해져 있어서 계량화된 요리가 가능하다. 간 마늘이나 생강을 조금씩 담아 얼려서 쓸 수 있는 용기도 있고 커피 소분 용기, 파스타 용기처럼 성격을 명확하게 구분해 놓은 용기들이 다양하게 나와 있다. 사실 제일 편한 건 비닐 팩이다. 가장 작은 사이즈의 비닐 팩에다 무심하게 툭 집어넣고 묶어 주면 끝. 알이 작은 과일이나 양념장 같은 것들은 비닐장갑 손가락에 넣고 얼리기도 하는데 필요할 때마다 잘라 쓰면 왠지 스산한 재미가 있다.

소분을 멈출 수 없는 이유는 또 있다. 소분한 재료들을 가지고 요리를 하면 마치 요리 프로그램 진행자가 된 것 같은 기분이 들기 때문. 재료를 미리 손질해 놓고 우아하게 투척하는 셰프들의 모습은 작은 로망처럼 느껴졌다. 현실에서는 설거지거리를 줄이기 위해 도마에서 냄비로의 코스가 일반적이지 않던가. 그러다 보면 설거지 거리가 조금 줄어들지는 몰라도 온갖 재료들이 나뒹굴고 비장의 재료를 미처 발견하지 못해 쓰지 못하는 불상사가 발생한다. 스푼으로 툭툭 덜어서 요리를 하다 보면 정리 콤플렉스도 해소되는 것 같고 그럴싸한 요리 강사가 된 것 같아 기분이 좋다.

대용량 세제를 사서 작은 병에 옮겨 담거나 직접 만든 천연세제들을 예쁜 용기에 담아 놓는 것도 꽤 재미있다. 베이킹소다와 과탄산수소를 작은 용기에 담을 때는 모래놀이를 하듯 사르르한 소리가 재미있다.

기저귀를 전용 통에 담아 넣을 때의 기쁨을 아시는지 모르겠다. 육아 매너리즘에 빠질 때마다 기저귀를 차곡차곡 채워 넣는데, 그러면 신기하게도 아이를 잘 키우고 있다는 근거 없는 뿌듯함이 인다. 기저귀 비닐을 찢어서 정신없이 쓸 때와 전용 통에 담아 쓸 때를 비교해

서 엄마의 행복도를 조사하는 논문 같은 게 나오지 않을까 하는 생각이 들 정도다.

혼자 놀기를 가장한 주부의 전형적인 살림살이 아니냐고 반문할 분이 있을지 모르겠다. 안 그래도 전쟁 같은 일상에 또 다른 일거리를 던지는 거냐며 눈을 치뜨는 분도 있을지 모르겠다. 딱히 반박하고 싶진 않다. 근데 이것만 말하고 싶다. 나에게 소분은 일이나 효율적인 살림의 방법이 아니라 혼자 하는 '놀이'다. 마음이 답답할 때마다 조금씩 손을 놀리다 보면 마음이 말랑해지는 순간이 온다. 잘할 필요도, 평가받을 필요도 없다. 혼자서 찬찬히 나누고 덜다 보면 어깨를 무겁게 짓누르던 온갖 스트레스들이 날아가는 듯하다.

# 냉장고
# 파먹기

. . .

    나의 냉동실은 블랙홀 같다. 들어가기는 쉬우나 나오기는 어려운 공간. 냉동실에는 나의 욕망이 담겨 있다고 해도 과언이 아니다. 패기 넘치게 샀던 생물 꽃게는 냉동실 안에서 동사하여 몇 달째 세상 밖으로 나오지 못하고 계신다. 정말 진지하게 간장 게장을 해 먹겠다는 생각으로 11월의 살 오른 꽃게를 샀는데 말이다.

    이것뿐만 아니다. 다이어트를 결심한 나를 흥분시킨 닭 정육은 나의 탐욕의 민낯을 드러내는 전형이다. 다이어트를 하겠다는 사람이 닭 정육 1킬로그램을 샀으니 이건 먹겠다는 것인가 빼겠다는 것인가. 냉동실이 그득 차는 건 순전히 욕심과 희망 때문이다. 언젠가는 먹겠지 하는 막연한 희망과 먹지도 않을 거면서 사거나 받아 두고 보는 나의 욕심 때문에 냉동실은 늘 비좁다. 냉장고를 보면 한 집안의

살림 수준을 볼 수 있다고 하는데 나는 살림의 하수임에 틀림없다.

미니멀 라이프 예찬론자까지는 아니지만 언젠가부터 새로운 음식들로 냉장고를 채우는 일을 경계하게 되었다. 일단 있는 것부터 먹고 보자는 생각에 냉장고 비움 프로젝트를 시작했다. 일명 '냉장고 파먹기'다.

일단 어감이 그리 좋진 않다. 뭔가 허겁지겁 들이대는 느낌이랄까. 그런데 냉장고를 파먹는다는 것은 새로운 것이 없이 새로운 것을 창조해야 하는 일이다. 나는 어느새 창조 경제를 몸소 실천하는 시대의 부역자가 된 것이다. 예를 들어 10개의 재료가 들어가는 레시피에서 5개는 다른 것으로 대체하고 2개는 과감하게 빼야 한다. 새로운 공급 없이 냉장고 안에 있는 것으로 모든 것을 해결한다는 것은 쉽지 않은 일이고 위대한 도전이다.

가령 카레요리를 한다면 냉장고에 감자나 당근이 없을 때 그 빈자리를 닭 가슴살이나 새우로 채우는 것이 냉장고 파먹기의 정석이다. 카레는 냉장고 파먹기를 성공으로 이끄는 꽤 괜찮은 메뉴다. 쭈글쭈글해진 토마토, 곰팡이 배양 직전의 편 마늘, 단맛 다 빠진 사과, 유통기한 간당간당한 메추리알. 냉장고 속에 상주하는 재료를 다 때려 넣어도 카레는 성공 확률 99퍼센트다.

괜찮은 재료 하나가 있다면 전략을 세워야 한다. 요리 콘셉트를 정하고 냉장고 속 아이템들을 스캔한다. 요리 프로그램처럼 멋진 요리

를 해낼 수는 없지만 그래도 사람이 먹을 수 있는 음식 한두 개 정도
는 나오는 걸 보면 냉장고에 먹을 게 하나도 없다는 말은 거짓말이
다. 그리고 냉장고를 파먹다 보면 위대한 유물들을 발견하게 된다.
냉동실 구석에서 잘 얼려진 자연산 전복이나 진공 포장 고등어를 발
견하는 날은 횡재한 날이다.

　냉장고 파먹기 기간은 개인적으로 일주일 정도가 적당한 것 같다.
그 정도면 터질 것 같던 냉장고에 조금 공간이 생긴다. 그리고 마음
속 욕심과 욕망도 게임 속 풍선이 팡팡 터지고 빈 공간이 생기듯 여유
가 생긴다. 곤도 마리에라는 일본의 정리 컨설턴트가 한 말이 있다.

　"눈앞의 물건을 무조건 가리고 숨기기보다, 물건과 나 사이에 관계
를 설정함으로써 설레지 않는 물건은 과감히 버리고 남은 물건들을
소중히 여겨야 한다."

　냉장고는 또 다시 채워지겠지만, 나는 냉장고 속 차가운 재료들과
나와의 관계를 고민하고 소중한 맛을 만드는 놀이를 계속할 것이다.

# 밤 까기의
# 미학

:
:
:

　나란 인간은 쓸모없는 시간을 보내는 것을 싫어한다. 아무것도 하지 않고 푹 쉬는 걸 못 하는 셈이다. 부지런한 건 아니다. 다만 가만히 앉아 있지 못하고 손을 꼼지락대든가, 말도 안 되는 사업 아이템이라도 구상하고 있어야 한다는 뜻이다.

　그런 의미에서 손으로 할 수 있는 다양한 일들을 수도 없이 시도해봤다. 한때는 인형 눈알 붙이는 부업을 진지하게 고민하기도 했다. 뜨개질, 십자수는 기본, 양말 인형(!) 만들기, 색칠 공부 등 스펙트럼이 꽤 넓다. 그리고 가장 최근에 찾은 놀이는 밤 까기다.

　잘 삶은 밤을 까는 일의 위대함은 아무리 칭송해도 지나침이 없다. 칼날의 방향 조절은 과일을 깎는 것과는 차원이 다르다. 날카로운 칼날이 딱딱한 밤의 굴곡을 따라 지나갈 때면 칼과 내가 하나가 된 것 같다. '반인반도'의 느낌으로 밤을 휘감아 겉껍질을 깎아 내면 보드라운 속껍질이 남는다. 간혹 운이 좋다면 속껍질도 한 번에 시원하게 벗겨지는 행운을 누릴 수도 있다. 그때의 카타르시스는 마치 곪았던 피지가 시원하게 빠져 나올 때와 같다.

이제부턴 매우 섬세한 작업이다. 속 껍질 까기. 모든 신경은 손끝에 집중해야 한다. 그렇지 않다면 유혈사태를 볼 수도 있으니. 가끔은 벌레가 까꿍! 하고 인사를 한다. 때로 절반만 남은 벌레를 만날 수도 있다. 어르신들은 최대한 먹을 수 있는 부분을 살리고자 노력하지만 나는 다음 밤으로 쿨하게 넘어간다.

밤을 깐다는 게 얼마나 따뜻한 일인지 알게 된 건 산후조리 중에 받은 도우미 이모님의 작은 호의 덕이다. 아이를 낳고 조리를 하던 중 밤이 너무 먹고 싶어 밤을 사 놓았더니 도우미 이모님이 그 밤을 삶아 하나하나 까 주시며 "이래야 오맹가맹 먹죠" 하며 사람 좋게 웃으셨다. 나는 오맹가맹 밤을 집어 먹었고 꽤 행복했다. 밤을 이렇게 편하게 먹을 수 있다니. 이모님에게 받았던 따뜻함을 이제 나의 가족들에게 전한다. 딱딱한 밤껍질이 벗겨지고 그 밤 하나에 들큰한 마음이 쌓인다.

# 내 총알을
# 피하지 마

:
:
:

내 상태가 너무 안 좋아 보일 때 남편이 말한다.

"한 판 쏘고 올래?"

그럼 나는 주저 없이 남편과 아이와 함께 사격장으로 간다. 남편과 아이는 잠시 자리를 비켜 준다.

나는 낮게 읊조리며 가짜 총을 쏜다. '앗싸, 헤드 샷!'

대학 초년생 때부터 술을 거나하게 마시고 나면 게임 사격장에 갔다. 초점을 맞추고 방아쇠를 당겼을 때 총알이 인형에 맞는 쾌감은 실로 엄청났다. 온 신경을 다해 조준하다가 묵직한 방아쇠를 당겨 인형이 한 번에 넘어가면, 내 판단이 맞았다고 인형이 온몸으로 축하해 주는 것 같았다. 그렇다고 내가 공격적 성향이 강하거나 폭력적인 사람은 아니다(라고 나는 믿고 있다). 집중력을 요하는 총 쏘는 행위 자체가 재미있을 뿐이다.

회사 생활을 할 때 마음이 고단하면 게임 사격장으로 달려갔다. 정장을 풀 세트로 갖춰 입은 여자가 동전을 쌓아 두고 사격 게임을 하는 것은 괴이한 광경이었겠지만 사격은 그 당시 나를 위로하는 유일한 취미생활이었다. 5천 원으로 마음에 쌓여 있던 감정이 다 분출되는 듯했다. 끝을 볼 생각은 하지 않는다. 세 번 정도 실패하면 미련없이 자리를 뜬다.

좀비를 쏘는 게임도 많이 했는데 이유는 하나였다. 인간을 쏘는 것은 너무 비인간적 행위이며 나는 그 정도로 폭력적이지 않다는 이유에서였다. 하지만 왜인지 좀비를 죽이다 보면 좀비들이 죽는 모습이 너무 무섭고, 내가 진짜 살고 싶어서 좀비를 죽이는 것 같은 극도의 몰입감이 든다. 차라리 사람을 쏘는 것이 나을 수도 있겠다는 생각을 하며 노선을 바꾸고는 사람이 아닌 악당을 쏘고 있으니 괜찮다고 정신 승리의 주문을 외운다.

사람들은 말한다. 좀 여자다운 취미를 가져 보는 것은 어떠냐고. 좀 더 건전한 취미생활도 있지 않느냐고. 그러면 나는 웃으며 말한다. "백발 할머니가 돼도 게임 사격장에서 방아쇠를 당길 거야. 손자랑 같이 2인 플레이도 해 보지 뭐."

지금도 마음이 답답할 때면 게임 사격장에 가서 500원짜리 동전 10개를 준비한다. 그리고 경건한 마음으로 게임을 시작한다. 묵직한

방아쇠를 당기면 폭발하듯 터져 나가는 개운함 끝에 총알이 나에게
이야기해 준다.

'거봐, 너 생각보다 잘하잖아.'

# 본격
# 남의 집 구경

:
:
:

우리나라는 아파트 공화국이다. 하지만 그 안에 내 집은 없다. 설상 있다 하더라도 그것은 은행의 집. 그렇다고 집 구경까지 하지 말라는 법은 없다. 먼 훗날 적어도 내가 죽기 전쯤에는 나도 집이라는 걸 살 수 있지 않겠나.

집을 사든 안 사든 부동산 경기가 어떻든 상관없이 집 구경은 재미있다. 우리 동네에 있는 다른 아파트들은 어떻게 생겼는지 그곳 사람들은 어떻게 사는지 궁금할 땐 부동산 중개소를 찾아간다. 이제 '집 사시게?'라는 질문에 쫄지 않는다. (먼 훗날 언젠가) 집을 살 거 아닌가. 물론 어마어마한 집값에 대한 자아상실감은 1+1 패키지이지만.

믹스 커피 한잔 타 주시면 감사하게 마시며 물어본다. "지금 볼 수 있는 집도 있나요?" 운이 좋으면 실제로 매물로 나온 것을 볼 수도

있다. 비어 있는 집이 있으면 주인 눈치 보지 않고 집 구경을 할 수도 있다. '사람 사는 건 다 똑같구나. 20평에 살아도, 60평에 살아도 역시 청소는 힘들어….' 이런저런 생각을 하면서 자기 위안도 하고 살림살이 구경도 하고 인테리어 팁을 얻어 오곤 한다.

집은 보는 만큼 보이고 부동산도 아는 만큼 보인다. 실제로 우리는 집을 구할 때 심각할 정도로 허둥대며 급하게 구한다. 마트에서 참기름을 사도 이거보다 신중할 텐데 말이다. 전세 대란 속에서, 금액만 맞으면 들어가야 하니 늘 마음이 급하다. 물론 나도 다음 전세 계약 만료일이 가까워 오면 또다시 발을 동동 구르겠지만 조금이라도 더 보고 발품을 팔다 보면 언젠가는 조금 여유롭게 집을 구하는 날이 오지 않을까.

부동산 중개소가 낯설고 피곤하고 귀찮을 땐 모델하우스에 간다. 추울 때 가면 따뜻하고 더울 때 가면 시원한 파라다이스, 모델하우스. 입장하자마자 먹잇감을 만났다는 듯 사람들이 달려들겠지만 '그냥 좀 보려고요' 하는 말로 쿨하게 제쳐 놓는다. 가끔은 설명을 듣고 있는 사람들 사이에 꼽사리로 껴 듣기도 한다. 그러다 걸리면 모른 척하고 발걸음을 옮긴다.

모델하우스를 찬찬히 구경하다 보면 이렇게 예쁘고 깔끔한 집에서 사람이 살 수도 있구나 하는 문화 충격을 받는다. 물론 그 집에 내 살림이 들어가면 지금 집이랑 다를 바 없어질 테지만 그래도 상상해 본다. 내가 이 집에서 살고 있을 때의 하루를.

다양한 평형대를 구경하면서 정점을 찍는 것은 바로 펜트하우스, 즉 초고층 영역. 대부분 구경이나 마음껏 하라며 각종 호화로운 인테리어를 해 놓는다. 덕분에, 언젠가 저런 데서 살아 보겠다는 삶의 다짐도 살짝 해 본다. 구석구석 살피다 보면 체리 색으로 몰딩이 된 내 작고 오래된 집에 분명 쓰일 만한 아이디어가 있을 수도 있다. 그렇게 찬찬히 구경하면 한 시간이 훌쩍 지나간다.

아직 시도는 못 해 봤지만 언젠가 상담도 받아 보고 싶다. 하지만 이건 좀 더 나중에…. 아직은 대출 약정서에 사인하면 안 되니까. 절대로, 네버….

# SNS는
# 인생의
# 놀이터

:
:

나는 오랫동안 SNS에 일기 같지 않은 일기를 써 왔다. 사진을 올리고 생각을 적어 나가는 연습을 하며 싸이월드의 포도알 부자로 거듭났었다. 공개 일기든 비밀 일기든 매일매일 무언가를 써 왔다. 술을 흥건하게 마신 날에도, 비처럼 눈물이 쏟아지던 날에도 일기를 썼다. 친구들은 나를 향해 웃어 주기도, 같이 울어 주기도 했다. 물론 온라인 상이었지만.

지금도 나는 SNS에 일기를 쓴다. 'SNS는 인생의 낭비'라고 생각하는 남편은 여전히 나를 이해하지 못하지만 그럼에도 나는 계속 무언가를 썼고, '본격 썰 푸는 사이버 어머니'로 거듭날 수 있었다.

'내가 니 엄마'를 운영한 지 1년, 지금 나에게 '내가 니 엄마'는 작은 자부심이자 육아 우울증을 이겨 낼 수 있었던 원천이다. 본래 SNS의 기능은 '소통'이라고 이야기하지만 나에게 '내가 니 엄마'는 분출구 같은 곳이었다. 그 안에서만큼은 나 자신을 지켜 나가고 있다는 일종의 위안을 느꼈다. 아이를 키우며 흩날리는 모습도, 그리고 한 뼘 성장한 것 같은 모습도 모두 좋았다. 그리고 어느 순간 사람들이 하나둘 나의 이야기를 들어 주기 시작했다. 힘든 날엔 응원을 해 주고 나의 어려움에 함께 공감해 주기도 했다. 같이 분노하기도 했고 즐거워하기도 한다.

매일매일 떠오르는 생각들과 잔상들을 치열하게 기억해 내서 글로 쓰는 일은 즐거운 과정이다. 사람들은 그러다 글감이 떨어지면 어쩌려고 일을 벌였냐고 하지만 아이를 키우는 것은 매일매일의 글감을 가지고 산다는 것을 의미한다. 화수분처럼 소재가 쏟아져 나온다. 한 달이 넘게 글이 써지길 기다리는 소재들도 많다.

소재가 생각나면 메모장을 연다. 그리고 글감들을 적어 나가기 시작한다. 지나고 보면 사실 별거 없다. 기저귀 만만세라든가 똥이 푸지다 식의 나만의 기호들로 가득 차 있지만 그 짧은 글감들을 보면 에피소드들이 생각나며 웃음 짓게 된다. 그리고 단숨에 써 내려간다. 난 툭툭 던지듯 전개되는 SNS의 짧은 호흡이 좋다.

SNS의 미덕은 소통이라지만 나는 댓글을 달거나 잦은 소통을 하지 않는다. 댓글을 하나둘 달기 시작하면 밑천이 드러날 것 같은 두려움도 있고 사실 가장 큰 이유는 사람들과 소통하는 순간 '나만의 도피

처' 같았던 이곳이 사라질 것 같은 느낌이 들기 때문이다. 내가 정의 내리는 나의 SNS는 이거다. '모두가 바라보는 곳에서 혼자 논다.'

매일의 일상을 적어 나가면서, 고단한 육아와 대학원 과제와 눈앞에 쌓여 있는 집안일들이 주는 중압감을 조금이나마 덜어 낼 수 있었던 것 같다. 홀로 치유하며 함께 위로받으며 말이다. 언젠가 '내가 니 엄마'에 더 이상 글이 올라오지 않는다면 너무 걱정하지 마시라. 내 딸이 시집갈 때까지는 그런 일 없을 테니. 그때가 되면 '내가 니 할미' 페이지를 다시 만들고 있지 않을까? 그때까지 부디 이 놀이터가 사라지지 않기를 바라며 저커버그 형님을 응원할 뿐이다.

# 구글 지도의
# 무한한 세상

:
:
:

스트리트 뷰 서비스가 처음 나왔을 때 충격을 금치 못했다. 상상만 하던 세상을 눈앞에서 볼 수 있다니. 혹자들은 직접 가서 보고 느껴야 여행이라고 하겠지만 '시간'과 '돈'에 쫓기는 스테인리스수저인 나에게 구글 지도는 꽤 괜찮은 여행 상품을 선물해 주었다.

구글 지도는 실생활에도 유용하다. 회사 선배들이 상호를 모르는 어떤 장소에 대해 궁금해하면 흥신소 모드를 발휘해서 지도 속 길을 찾아내곤 했다. "굳이 이렇게까지 안 해도 되는데"라는 부담감을 비추는 선배, 그러면 나는 "아, 취미생활입니다"라고 쿨하고 가볍게 응수한다.

이 좁은 나라를 떠나고 싶을 땐, 구글 지도를 켜고 가고 싶은 곳을 찍는다. 이곳저곳 손이 가는 대로 여행을 하다 보면 방향을 잃은 기

분이 든다. 담벼락 하나하나를 살펴 가며 길을 찾다가 문득 이렇게 하다가는 미아가 될 것 같다는 두려움이 생길 때 새로운 곳을 다시 검색한다.

가끔은 미스터리한 곳을 찾아가 보기도 한다. 버뮤다 삼각지대, 이집트 피라미드, 고비 사막, 아폴로 신전…. 그렇게 이곳저곳을 돌아다니다 보면 다시 여행 병이 도져서 딸아이와 갈 수 있을 만한 곳을 검색해 보기도 한다. 아이가 크면 함께 아프리카에 가겠다던 약속을 지키기 위해서 열심히 아프리카 대륙을 뒤지기도 한다. 아무리 뒤져도 초원뿐, 손으로 600킬로미터를 달려서야 건물다운 건물을 찾아내고는 마음을 접었다.

때로는 국내 포털 사이트의 길 찾기 서비스를 통해 추억의 장소들을 찾아보기도 한다. 친구들과 소리를 고래고래 지르며 뛰어다녔던 골목길, 지금까지 남아 있는 추억의 술집에 조용히 경의를 보내기도 한다. 이제는 엠티 같은 건 꿈도 못 꾸는 엄마가 되어서는 추억의 우이동 골목을 유유히 걸어 다니기도 한다. 물론 마우스로.

사실 이 모든 여행의 백미는 우주로 날아갈 때다. 스크롤을 끝까지 돌려 저 멀리서 지구를 보고 있자면 우주 요원이 된 것 같은 기분이 들기도 한다.

지금은 어디든 마음 편히 갈 수 없는 '자녀에게 매인 몸'이 되었다. 아마도 아이가 더 크기 전까지는 쉽게 떠나기 어려울 것이다. 그렇기에 온라인 지도 여행은 답답한 일상에 작은 활력과도 같다. 언젠가 우리 사랑하는 가족과 함께 여행할 그날을 기다리며 조용히 구글 지도의 여행지들을 즐겨찾기 해 둔다.

# 구글 지도로 찾아갈 수 있는 신기한 여행지

### 데이비스 몬산 공군기지

사막 같은 땅 위에 비행기가 줄 지어 늘어서 있다. 미국의 비행기 무덤이라고 불리는 공군기지다. 월드컵 축구장 1천 개 정도의 면적인 이곳은 1차 세계대전 이후 미국이 썼던 모든 퇴역한 비행기가 모여 있고 민간인 출입이 제한된 곳이다. 미국 대륙의 위엄을 제대로 느껴 볼 수 있다.

### 에펠탑

위에서 보는 에펠탑은 색다르게 느껴진다. 첨탑이 아니라 위에서 찐빵으로 누른 모양처럼 생긴 납작한 에펠탑을 구경하는 것은 색다른 재미. 더불어 파리 시내도 유유자적 구경하며 내 방에서 파리지앵이 되어 볼 수도 있다.

### 카자흐스탄 별 문양 공원

2013년 미국의 커트 예이츠란 남자가 구글 어스의 위성 지도로 세계 곳곳을 구경하던 중 카자흐스탄 지역에서 거대한 원 안에 별이 그려진 문양을 발견했다. 이 문양이 갖가지 설과 함께 세상에 알려지자 미국 NASA에서는 8천 년 전 고대 유목민들이 길을 잃지 않으려고 지상에 그린 그림이라고 발표했다. 아직까지 이 문양은 미스터리로 남아 있다.

## 두바이 주메이라 팜 아일랜드

야자수 모양의 인공 섬 '주메이라 팜 아일랜드.' 두바이 해안에서 약 8킬로미터 떨어진 바다 위에 야자수 모양을 본떠 조성했다. 공사비로 140억 달러(약 15조 4천억 원)가 들었다. 각 섬에는 특색 있는 주상복합 주거시설이 들어서 있는데, 각국 부호들의 휴식처로 명성이 높다. 자세히 보면 야자수보다는 머리 가르마같아 보인다.

## 야심호

푸른 바다 위에 섬이 있고 배가 그려져 있다. 누군가 그려 놓은 그림같아 보이는 이것은 2003년 아프리카 수단 해안에 있는 윈게이트라는 산호초에 좌초한 볼리비아 국적의 전함 야심호다. 이 배는 구글 어스에서 볼 수 있는 세계에서 가장 큰 침몰 함선이다.

## 맵버타이징(Map+Advertising)

비어 있는 넓은 공간에 자사 로고를 만들어 인공위성에 찍히도록 해 광고하는 방식이다. 대표적인 맵버타이징은 칠레의 한 산에 빈 콜라 병 7만 개로 만든 코카콜라 로고다. 비행기를 타고 오가면서 쉽게 눈에 띄는 효과가 있을 뿐 아니라 이곳을 일부러 찾는 관광객들도 많다.

# 간판을
# 간파하기

동네 간판을 보면 주인의 인생을 짐작할 수 있다. 자녀를 정말 사랑하는 부모님은 자녀의 이름을 내걸고 자신에 대한 신뢰가 큰 사람은 자신의 이름을 내건다. 종교적 의미가 있는 간판도 있고 장난처럼 지은 것 같은 간판도 있다. 어떤 간판은 가게 인테리어와 맞지 않게 지나치게 세련되기도 하고 어떤 경우는 너무 촌스럽다. 가게의 얼굴인 간판을 보면 주인이 지나온 삶의 흔적들을 조금이라도 알 수 있어서 간판을 유심히 보는 습관이 생겼다.

간판이 재미있거나 센스 있으면 그곳의 음식이나 제품은 평균 이상의 수준이 보장되는 경우가 많다. 간판을 신경 쓴다는 건 분명 다른 것에도 정성을 기울인다는 것이다. 들어가 보면 영락없이 실내 인테리어나 소품들이 아기자기하고 볼만하다.

동네에 '탕수육'이라는 가게가 생겼다. 진지한 빨간색 궁서체로 '탕수육'만 써 있는 음식점. 한눈에 봐도 흥미를 끄는 간판에 이끌려 들어가 보니 주인은 역시나 '간판 같은 사람'이었다. 무심한 듯 하지만 장사에 대한 센스가 있는 사람. 메뉴라고는 탕수육 하나뿐인데 알고 보니 선술집이었던 그곳은 여러모로 흥미로웠다.

'그냥 갈 수 없잖아 슈퍼'라는 간판을 본 적이 있는데 굴림체로 적은 B급 정서가 내 마음을 움직였다. 들어가서 껌이라도 하나 사야 할 것만 같다. '오늘은 술요일'이라는 곳은 우리 동네 아주 외진 곳에 있는 술집 이름인데 수요일에 그곳을 지나게 되면 꼭 술을 먹어야 할 것만 같은 의무감에 빠지게 된다. 꼭 수요일이 아니어도 그곳은 왠지 술이 맛있을 것만 같다. 빵집 이름이 빵집이거나 세탁소 이름이 빨래방인 경우에는 그 숨 막힐 것 같은 진솔함에 꼭 한번 가 봐야만 할 것 같다.

그 덕에 나는 매일 한눈을 판다. 주변을 샅샅이 살피다 보면 한 블록 가는 길이 천리만리. 간판뿐만 아니라 가게에 붙어 있는 크고 작은 전단지들까지 하나하나 곱씹다 보면 어느새 주인장과 친구가 된 것 같은 기분이 든다. 정말 마음에 드는 간판이 있으면 그 앞에서 주인의 성격을 상상해 보기도 한다.

아기자기한 글씨체와 귀여운 말투가 느껴지는 간판 앞에서는 요

정 같은 주인 언니가 나와서 상큼하게 인사를 하고 센스 있는 말투와 유행어를 딴 상호 앞에서는 센스 있게 차려입은 젊은이가 계산대에 서 있다. 탄식을 자아내는 아재 개그를 활용한 간판을 보다 보면 영락없이 편안한 인상의 아저씨가 인심 좋게 걸어 나오고 화려한 꽃으로 수놓아진 간판을 보고 있으면 가게 안에 뽀글뽀글 파마머리 어머니들이 한데 모여 있는 것을 볼 수 있다.

상상해 본다. 내가 만약 가게를 차리면 어떤 이름을 지을까? 나를 보여 줄 수 있는 이름이 뭘까 진지하게 생각하다가 어찌 되었건 진짜 병맛 같은 이름을 지어야겠다는 결의에 찬 포부를 다져 본다.

# 나에게 쓰는
# 협박 편지

.
.
.

이불 킥의 순간은 예고 없이 찾아온다. 특히 나같이 덜렁대는 성격은. 심지어 관심 종자에 잘난 척 기질까지 타고난 탓에 지워 버리고 싶을 정도의 부끄러운 순간들을 주렁주렁 달고 산다.

나이를 하나둘 먹어 가면서 부끄러움의 빈도와 강도도 점점 더 세진다. 완전 틀린 이야기를 떠벌리고 다닌다거나 (심지어 시댁 식구들 앞에서!) 중2병 귀신이 빙의한 듯 허세가 만세 하는 글을 쓴다거나 하는 순간들 말이다. 그럴 때면 타임머신이라도 타고 그때로 돌아가 내 어깨에 손을 얹고 이야기하고 싶어진다. 멈춰, 이년아….

이불 킥 후에는 꼭 수습이 필요하다. 그래서 스스로에게 협박 편지를 쓴다. 언제나 시작은 간단하다. '미쳤냐?' 빈 종이에 육하원칙에 의거해서 부끄러운 순간들을 적다 보면 얼굴이 붉어지는 감정들이 단전에서부터 솟구쳐 올라온다. 당장에라도 펜을 놓고 싶지만 다시는 반복하지 말자는 신념 하나로 다시 써 내려간다.

쥐구멍에 숨고 싶지만 어쩔 수 없다. 생각해 보면 나를 다스리지 못해 생겨난 부끄러운 초상들. 하나하나 기억해 내고 그러지 말아 달라는 신신당부로 따뜻하게 마무리한다.

이 편지는 남편과 싸웠을 때 특히 더 유용하다. 동굴로 숨어 버리는 남편을 뒤로하고 홀로 덩그러니 남아서 울음을 멈추고 펜을 든다. 서걱서걱 정적을 끊어 내는 협박 편지. 가까운 관계일수록 조심해야 함에도 불구하고 칼날처럼 쏟아 낸 비수 같은 말들. 순간을 참지 못해서 벌어지는 다툼의 순간들에서 한 걸음 뒤로 물러나 나에게 편지를 쓴다.

편지의 시작은 원망이다. 왜 그런 사람을 선택했을까, 푸념 섞인 원망으로 시작하는 편지는 크고 작은 잘잘못들이 오열하듯 종이 위를 적신다. 그러면 끝나지 않을 것 같았던 원망의 마음이 놀랍게도 해소되는 기분이 들고, 그때 용기 내어 '그치만'으로 다시 협박 편지 ver 2.를 쓰기 시작한다. 나의 잘못들을 곱씹으며 남편의 마음을 읽어 가는 길 끝에는 미움이 자연스럽게 미안함으로 바뀐다. 그리고 다시 나에게 협박을 한다. '다음번에도 꼭 이 남자랑 결혼해라.'

사실 인생은 오욕들이 모여 만들어지는 과정이 아닌가. 이 귀여운 협박도 어쩌면 나를 받아들이는 작은 노력일지 모른다. 그 오욕도 바로 나, 그리고 그 실수를 다시 저지르지 않으려고 노력하는 것도 나. 아마도 나는 앞으로 더 많은 협박 편지를 쓸 것이다. 이토록 따뜻한 협박이라면 해 볼 만하지 않을까.

# 도청
# 놀이

:
:

밤말은 쥐가 듣고 낮말은 내가 듣는다. 언제부터였는지 모르지만 나는 남의 이야기에 유독 관심이 많았던 것 같다. 학창시절에도 옆 분단 아이들의 이야기를 듣고 엄마에게 가서 일러바치곤 했다.

사실 최선을 다해 엿듣는 건 아니다. 그저 내 귀에 들리는 것뿐. 대화하는 사람들의 표정과 몸짓 그리고 이야기들을 들으며 한 편의 소설을 써 나가는 것은 내 아주 오래된 놀이 중 하나다.

여대를 나왔기 때문에 학교 앞 커피숍은 소개팅 아지트였는데 거기서 과제를 하거나 시간을 보낼 때면 여지없이 나의 소소한 놀이가 시작된다. 사실 이 둘의 대화를 듣는 것은 세상 어떤 드라마나 영화를 보는 것보다도 흥미롭다. 나는 이 장면을 '동물의 왕국'이라고 표현하는데 옆에서 보고 있자면 오지랖을 부리고 싶은 마음이 단전 밑에서부터 폭발한다. 결혼을 하고 나니 이 증상은 더 심해졌다. 뻔히 보이는 술수에 당하는 동지를 보거나 아주 여우 같은 아가씨에게 낚이는 훈남 청년을 보고 있자면 이 기혼자는 허벅지를 꼬집으며 마음속으로 응원과 훈수의 메들리를 이어 간다.

언젠가부터 이야기를 듣는 것에서 벗어나서 둘 사이의 관계를 아주 진지하게 분석하는 수준에 이르게 되었는데, 이건 좀 심하게 재미있다. 나름 변수들을 넣어 보기도 하는데 남자가 좀 사는 것 같으면 봉투를 들이밀고 물을 끼얹는 못된 시어머니를 출연시키기도 하고, 여자한테서 어장 관리의 스멜이 난다면 그녀의 가물치 남이 갑자기 나타나는 일일 드라마 마지막 장면을 찍어 보기도 한다.

3인 이상 모인 자리에서는 대화의 내용과 패턴을 분석해 셋 중 누가 더 친하고 누가 덜 친한지 찾는 게임을 하기도 한다. 분석 결과 전부 친한 경우는 찾기 힘들었다. 누군가는 인기를 독식하고 누군가는 소외된다. 사실 그런 관계도를 파악하다 보면 내 대화 패턴에 대해서도 돌아보게 된다. 그러면 정신을 차리고 협박 편지를 쓴다. 그러지 좀 말라고.

남편은 남의 일에 신경 좀 끄라고 신신당부하지만 남의 일만큼 재미있는 게 또 어디 있겠는가. 나는 그저 인간이 좋다. 이토록 엉망인 인간과 그 인간들이 맺어 가는 관계의 모습이 재미있다. 그리고 그 모습이 나에게도 언제든지 나타날 수 있다는 것을 생각하면 이 또한

흥미롭다. 어쩌면 그들의 대화를 나에게 투사하고 있는지도 모른다. 나이가 들수록 이 놀이는 더 재미있어진다. 내가 절대적으로 맞다고 생각한 것들이 저 사람들한테는 틀린 답일 수도 있겠다는 생각이 들 때가 많아진다. 내 삶을 되짚어 보고 나름대로 성장하고 있는 나의 도청 놀이는 아마도 계속될 것이다.

# 키덜트의
# 비싼 취미

:

초등학생 때 방학이 되면 집 앞 63빌딩에서 살다시피 했다. 서점에 앉아서 책도 보고 음반 가게에 들어가 시디도 구경했는데 나를 가장 설레게 한 건 푸트코트 옆 아주 작은 장난감 가게였다. 사실 거기서 할 수 있는 것은 별거 없었다. 갖고 싶은 장난감들을 그저 어루만지다 오는 것. 그것뿐이었다. 당시 나는 레고 해적선에 꽂혀 있었다. 몇 년 동안이나 레고 해적선은 그 자리를 그대로 지키고 있었다. 크고 위대해 보였던 해적선. 지금은 구할 수도 없는 그 해적선은 아직 마음 한구석에 똬리를 틀고 있다.

사실 나에게 장난감은 갈증과도 같은 존재였다. 그리고 그 갈증은 지금까지 이어져서 지금의 나를 만들었다. 그렇다, 나는 키덜트다.

나의 아주 소소하지만 은근 비싼 취미는 레고 수집이다. 특히 신상 레고는 신상 백보다 더 눈에 들어온다. 머리 아프거나 번잡한 일들이 생기면 블록을 맞춰 가며 번뇌를 날려 버린다.

블록이 1,000개를 넘는 성인 레고의 세계는 실로 위대하다. 그 복잡함과 정교함 그리고 이렇게까지 디테일할 필요가 있나 싶을 정도로 대단한 레고의 세상을 보고 있자면 경이로울 정도다. 물론 쉽게 지불할 수 없는 가격이기 때문에 몇 번을 해체하고 다시 조립하는 과정을 반복한다.

사실 진짜 레고의 세계는 내가 직접 새로운 세상을 만드는 것에서부터 시작한다. 레고 디지털 디자이너(LEGO Digital Designer)라는 프로그램을 이용하면 온라인으로 나만의 레고를 직접 디자인할 수 있다. 필요한 부품 수도 자동으로 계산해 주고 온라인으로도 레고를 만들 수 있으니 여러모로 재미있는 프로그램이다. 게다가 내가 디자인한 레고를 설명서로 바꾸어 주는 기능도 있으니 레고 마니아라면 꼭 해 볼 만한 프로그램이다. 해마다 신규 출시되는 레고의 일부가 이렇게 개인이 창작한 작품이라고 하니 의욕이 더 불타오른다. 혹시 아나? 내가 정말 레고 디자인에 엄청난 소질을 발휘할지?

한 가지 더! 고급형 레고는 단종되면 가격이 두세 배에서 100배까지 뛰기도 하니 이만큼 실속 있는 놀이가 어디 있나. 다 커서 장난감이나 모은다고 등짝 스매싱을 당하고 있다면, 중고 가격부터 체크해 보자!

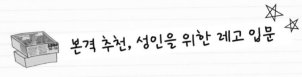

## 본격 추천, 성인을 위한 레고 입문

### 폭스바겐 T1 캠퍼밴 [10220]

가성비 좋은 제품 중 하나. 캠핑카의 일종인데 생각보다 크고 차량 내부 디테일이 너무 훌륭해서 홀딱 반하게 된다. 심지어 피크닉 담요까지 있다는 전설이! 인테리어 효과도 좋다. 봉지 번호가 없어 분류 작업 시간이 오래 걸리지만 이런 것도 재미라면 재미다.

### 빅뱅이론 [21302]

미드 〈빅뱅이론〉의 팬이라면 무조건 사야 하는 아이템. 소품이 깨알같이 재미있고 등장인물들을 피규어로 옮겨 놓은 디테일이 기가 막히다.

### 미니 쿠퍼 [10242]

미니 쿠퍼의 클래식한 귀여움을 그대로 재현했다. 작지만 있을 것은 다 있다. 엔진 룸과 골조의 디테일이 매우 매력적이다. 폭스바겐의 손맛을 본 사람들에겐 다소 밋밋할 수 있으나 장식 효과는 정말로 대단하다.

### 레고 심슨 하우스 [71006]

미국 인기 애니메이션 〈심슨 가족〉 주인공들이 사는 집을 레고로 만들었다. 디테일의 끝판왕. 어른들을 위한 최고의 장난감이라고 해도 손색없다. 피규어의 완성도도 매우 높고 아기자기한 재미와 손맛이 매우 좋은 수작 중 하나.

### 레고 테크닉 시리즈

레고 테크닉은 중장비들을 완벽에 가깝게 구현한 시리즈다. 많이 복잡하지만 수집욕을 자극하기에는 이만한 게 없다. 바퀴가 움직일 때 내부 동력 장치까지 같이 움직인다. 최근 테크닉 포르쉐911이 출시되어 인기몰이를 하고 있다.

### 텀블러 [76023]

레고의 '배트맨 텀블러'는 영화 〈다크나이트〉에서 배트맨이 타고 나오는 슈퍼카를 레고로 재현한 상품이다. 단일 레고 브릭 상품 중 큰 편에 속하고, 디테일도 훌륭하다. 조커 피규어와 배트맨 피규어도 너무 사랑스럽다.

# 오늘은
# 창업가

:
:
:

　조리원 생활은 편하지만은 않았다. 워커홀릭이었던 나에게 아무것도 하지 않는 조리원 생활은 감옥과도 같았다. 작은 방에 앉아 전화가 울리면 아이에게 젖을 주러 가야 하는 일상. 텔레비전을 보는 것도 무료해지고 잠을 자는 것도 귀찮아질 무렵 우두커니 앉아 생각했다. 근데 나 이제 뭐 하고 살지?

　엄마가 되는 것까지는 좋았다. 당시만 해도 돌아갈 회사가 있었고 아이도 낳았으니 이제 속 편하게 일만 하면 된다고 생각했기 때문이다. 하지만 현실은 내 생각과 달랐다. 복직하면 그 전쟁 같은 시간들을 과연 감당할 수 있을까? 정말 그 일이 내가 바라던 일일까? 남자들은 군대에 가면 생각이 많아진다는데 나는 조리원에 앉아 생각했다.

　'나는 뭘까?'

하고 싶은 것들을 하나씩 적어 내려가며 생각했다. 결국 나는 창업을 해야겠다고. 그때부터 시작된 즐거운 놀이가 바로 '사업 구상'이다. 사실 나의 창업에 대한 열정은 예전부터 강렬했다. 회사 다니기 싫을 때마다 사업 아이디어를 가열차게 만들어 냈다. 실행에 옮긴 적도 있다. 시험판이긴 하지만 홈페이지도 만들고 사업자등록증도 내보았다. 어차피 실행 못 할 거라는 걸 알았지만 나쁘지 않은 도전이었다.

아이를 낳고 나니 창업에 대한 열정은 더욱 강해졌다. 차오르는 젖과 함께 미래에 대한 투지도 불타올랐다. 그러니 1일 1아이템은 사실 어렵지 않은 일이었다. 아이의 기저귀를 갈다가 불편함을 느낀 어느 날에는 원터치형 기저귀를 개발해 팔아 보겠다는 열의에 불타오르기도 했고 포대기계의 혁명 '요술 포대기'를 아기 엄마가 만들었다는 이야기를 듣고는 '마술 아기띠' 아이템을 구상하기도 했다. 주변의 모든 불편한 것들은 프로불편러인 내 앞에 서면 창업 아이템으로 변질되었고, 이런 나를 보며 남편은 꿈 깨라고 격려해 주기도 했다.

사실 성공 여부를 떠나 창업을 생각하는 그 자체가 재미있는 일이다. 어떤 허무맹랑한 창업도 상상 속에서는 가능하기 때문이다. 한때는 유전자 분석 관련 사업 아이템을 생각하고는 엄청난 성공을 이룬 내 모습을 상상하며 괜히 우쭐해지기도 했다. 물론 나는 완전 문과형 인간이다.

가끔은 자선 사업가가 된 모습을 상상하면서 감상에 젖기도 했다. 하지만 목구멍이 포도청이라는 사실을 다음 날 아침 분유를 주문하면서 뼈저리게 느꼈다.

사업에 성공해 여유로워진 나를 상상하는 것도 좋았고 일을 하며 아이를 여유롭게 키울 수 있을 거라는 희망을 품는 것도 좋았다. 시장조사를 하고 아이템을 검증하면서 꽤나 생산적인 사람으로 돌아간 것 같은 느낌이 들기도 했다. 그렇게 2년을 연습했다. 머릿속에선 500번 창업을 했고 500번 폐업을 했다.

500번 머릿속으로 망하고 나니 진짜 사업을 시작하게 됐다. 그 정도 망하니 나라는 사람이 뭘 하고 싶은 사람인지 알게 되었나 보다. 그렇게 놀이하듯 생각했던 것들은 쓸모없지 않았다. 그리고 꿈은 현실이 되고 있다.

창업을 시작했지만 나는 또 다른 창업을 상상한다. 새로운 아이템을 고민하고 궁금해한다. 그리고 생각한다. 성공했을 때의 나의 모습을 말이다. 이렇게 한참 딴 생각을 하다 보면 나를 휘감았던 스트레스에서 잠시 벗어나 새로운 피가 도는 것을 느낀다. 허무맹랑한 창업 놀이는 여전히 진행 중이다.

# 나 혼자
# 심리검사

:
:

사는 게 괜찮냐고? 안 괜찮다. 화장실 갈 틈도 없이 바쁘고, 아무리 쓸고 닦아도 티 안 나는 살림을 하고, 맥시멈으로 징징대는 아이를 안고 밀린 대학원 숙제를 처리하는 내가 싫다. 이렇게 사는 게 맞나 싶은 생각이 들면서도 멈출 수 없는 인생의 수레바퀴를 돌고 있는 나. 쉽게 지칠 수도 없다. 내가 무너지면 모두에게 민폐니까.

그러니 마음을 꾹꾹 눌러 담는다. 모든 일과를 마친 밤 시간, 나는 그로기 상태가 된다. 하지만 이대로 자고 싶지 않다. 아무것도 남아 있지 않은 것 같은 기분에 울적해진 마음을 달래기 위해 나를 위한 작은 심리검사들을 시작한다.

인터넷에 떠돌아다니는 심리 테스트는 정말 가벼운 마음으로 해 볼 수 있다. 간혹 심리검사 책을 빌려 와서 검사를 해 보기도 한다.

비전공자들도 쉽게 따라할 수 있는 워크북도 있어서 하나하나 숙제 하듯 풀어 가는 것도 재미있다.

결과는 엉망이다. 뭐 하나 온전한 게 없다. 불안한 30대와 삶의 무질서가 만들어 내는 환상의 콜라보. 당장이라도 병원에 찾아가거나 정확한 심리검사를 받아야 할 것 같지만 그냥 웃어넘기고 만다.

우울증 체크리스트 결과가 좋지 않아도 개의치 않는다. 마음의 감기를 앓고 있구나, 요새 좀 우울했나 보네 하고 그냥 넘어간다. 모든 검사의 결과는 심각하게 받아들이지 않는 것이 철칙이다. 왜냐하면 이 놀이는 결과의 해석이 중요한 것이 아니기 때문이다. 결과의 해석보다 '결과 자체를 받아들이는 것'만으로도 충분한 위로와 안식이 된다.

관계 때문에 지쳐 나가떨어질 때면 마음 지도를 그려 보기도 한다. 지금 내 마음 안에서 분탕질하고 있는 것들을 꺼내 그리고 적다 보면 마음이 열린다. 까꿍 하고 나온 마음 안에 녹다운된 피투성이의 내가 있다. 괜찮다. 괜찮아. 저 멀리서 나를 바라보는 상상을 하며 나에게 말을 건다. 괜찮아질 거라고. 그럼 정말 놀랍도록 괜찮아진다. 내가 나에게 건네는 위로만큼 강한 힘을 가진 말은 없다는 걸 다시금 느끼게 되는 기적의 순간이다.

사실 오랫동안 괜찮지 않은 마음을 부여잡고 괜찮은 척하고 살아 왔다. 내 안의 소심한 마음을 꾹꾹 눌러 행복한 척 살아 왔던 지난 시

간. 언제부터인가 부족한 나도 받아들이기 시작하니 사는 게 조금 편해졌다. 그리고 조금씩 새로운 것에 도전할 여유가 생기기 시작했다. 그렇게 마음이 삶을 움직이고 있다.

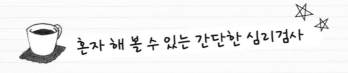

혼자 해 볼 수 있는 간단한 심리검사

## MBTI 성격유형 검사

정신과 의사인 융의 심리유형론을 근거로 하는 심리검사다. 각 개인이 인식하고 판단할 때 선호하는 경향을 '힘을 발휘하는 성향'(외향형과 내향형), '정보를 지각하는 성향'(감각형과 직관형), '의사결정을 내리는 성향'(사고형과 감정형), '라이프스타일 성향'(판단형과 인식형) 등 각각 2가지로 구분된 4개의 선호경향에 따라 파악한다. 이를 바탕으로 개인의 성격, 흥미 같은 특성과 함께 선호하는 작업환경과 직업에 대한 정보를 제공한다. 간단하게 무료로 검사해 볼수 있는 사이트들이 많다.

## 진로 심리검사

커리어넷에서 무료로 제공하는 진로 심리검사다. 직업 적성, 직업 흥미, 가치관, 진로 성숙도 등 다양한 검사를 해 볼 수 있다. 다 늙어서 무슨 진로 검사냐고? 진로 검사는 원래 30대 때 하는 게 가장 정확하다. 믿거나 말거나.

## 에니어그램

에니어그램이란 그리스 어 '에니어'(ennea, 9, 아홉)와 '그라모스'(grammos, 도형·선·점)의 합성어다. 즉 '9개의 점이 있는 그림'이라는 뜻이다. 에니어그램은 사람을 9가지 유형으로 분류하고, 어떤 사람이라도 그중 하나의 유형에 속한다고 본다. 무료로 분석해 주는 사이트들을 이용하면 쉽게 검사할 수 있다.

## 한국 가이던스 무료 심리검사

나에게 맞는 심리검사를 찾아볼 수 있고 라이트 버전의 심리검사를 온라인으로 받아 볼 수 있다. 우울증, 강박증, 불안증 검사부터 자기신뢰도, 정서안정성 검사나 대인관계 능력 검사, 중독 검사 등 23가지 심리검사를 해 볼 수 있고 검사 결과를 바로 확인할 수 있다.

…직장인 민영이는
회사 밖에서
새롭고 알차게 …

# 민영

이 시대를 대표하는 평범한 직장인이자 철이 덜 든 어른아이. 틈만 나면 세상 밖으로 뛰쳐나가 새로움을 만나는 걸 즐긴다. 하고 싶고 궁금한 것들은 여전히 많은데 나도, 친구들도 점점 바빠진다. 그래서? 혼자 논다!

나는 하고 싶은 건 웬만하면 다 하면서 산다. 그런데 아직도 하고 싶은 것들이 좀 많다. 그래서일까. 지금 회사를 다니고 있는 것이 맞느냐는 신원 확인 질문을 참 많이 받는다. 강한 호기심이 부족한 자제력을 만난 결과다. (대책 없는 낙관주의와 전후좌우 없는 성향은 덤.)

어딘가에 꽂히면 우선 행동부터 하는 성격이다. 그렇게 무언가 시작하는 것을 잘한다. 독서와 음주가무를 좋아하고, 내향적이면서 활발하다. 신나게 놀고 일하고 쉬고 공부하고 먹고 마시다가 이렇게 혼자 논답시고 책을 쓰는 데도 숟가락을 얹게 되었다.

내 삶을 예측하는 것은 포기한 지 오래다. 내일 일도 모르는데!

# 밑줄
# 긋는
# 여자

:
.

학창 시절, 주변에 필기구에 집착하는 아이 한 명쯤 있었을 거다. 그게 나다. 나는 학기마다 교과서에 쓰는 색상표까지 정해 놓고 교과서 위에 현란한 팔레트를 구현했다. 가령 1학기 국어는 주황색, 수학은 초록색, 영어는 보라색 펜으로 정하는 거다. 물론 전체 색깔은 총 6개로 한정해 놓았다. 이 규칙에 맞추어 과목별 공책 색깔부터 제목과 본문에 쓰는 필기구까지 다 따로 있었다. 그러다가 펜이 하나라도 닳으면 더 이상 공부를 할 수 없을 지경이었다. (실제로 과목에 맞는 색깔 펜이 없으면 그 과목 공부를 하지 않았으니, 꽤 강박적이었다.) 똑같은 색의 펜을 사기 전까지는 필기를 하지 않기도 했다.

졸업 후에는 종이책보다 엑셀 시트와 스마트폰의 메모 기능이나 카메라와 더 가까워졌다. 하지만 여전히 필기구는 나와 떼려야 뗄 수 없다. 서점에 가서 책을 사면 꼭 펜도 같이 산다. 밑줄을 긋기 위해서다. 신상 펜들을 보고 눈이 뒤집어져 결국 책값만큼의 필기구를 사서 돌아온다.

카피라이터이자 독서광인 박웅현 작가는 책은 많이 읽는 것보다 얼마나 꼭꼭 씹어 되새김질하며 읽는지가 중요하다고 했다. 눈으로 같은 페이지를 읽고 또 읽을 수도 있지만, 펜을 들고 밑줄을 긋다 보면 정말 그 말대로 각 구절을 되새김질하듯이 읽게 된다.

학창 시절의 감을 되살려 다시 나만의 원칙을 만들었다. 문학은 따뜻한 색 계열인 붉은색과 노란색을 사용한다. 비문학은 파랑과 보라색을, 자기계발 도서나 자서전은 초록색 계열을 사용한다. 새삼 학생 때에 비해 몇 배나 풍족해진 필기구를 보며 감사하기도 했다. 이러려고 돈 버는 거지.

나는 밑줄 긋기 의식에 몇 가지 하위 규칙을 만들어 놓았다. 얇은 선으로 밑줄만 그을지, 밑줄은 직선인지 구불구불 곡선인지, 형광펜을 눕혀 문장을 칠할지, 단어 주변에 네모 칸을 칠지, 또는 동그라미를 칠지 등등이 너무너무 중요하다. 가령 새로 알게 된 단어나 예시 등에는 구불구불한 밑줄을 긋고, 다른 곳에 따로 옮겨 적어 간직하고 싶은 명문장은 굵게 칠한다. 눈에 쉽게 띄기 때문에 나중에 메모장이나 SNS 등에 옮겨 쓰기 편하기 때문이다. 컴퓨터 파일과 달리 한 번 밑줄을 긋고 나면 취소를 할 수 없기 때문에 펜을 쓰기 전 한 번 더 생

각해야 한다는 비장함마저 든다.

밑줄을 긋는 '의식'의 효과는 독서가 끝난 뒤에 비로소 빛을 발한다. 우선, 지금까지 그냥 술술 읽었던 책들에 비해 내용이나 인상 깊은 구절이 기억 속에 오래 남는다. 밑줄을 긋기 위해 한두 번씩 반복해서 읽었기 때문이겠지. 그리고 시간이 지난 뒤 그 책을 다시 꺼내어 읽을 때, 대부분은 당시 왜 밑줄을 그었는지 생각이 안 나지만 가끔 놀랍게도 바로 그때 필요한 위로나 격려의 말을 발견하기도 한다. 같은 책을 다시 한 번 읽으면서는 2차 밑줄 긋기를 하는데, 그때는 1차 밑줄 긋기와 다른 펜을 사용하고 다른 방법으로 표시를 한다. 한 번 밑줄을 그었던 내용이 다시 봐도 마음에 들면 단어일 경우에는 각 글자 위에 점을 찍고, 문장일 경우엔 큰 별표를 하거나 스티커를 붙이기도 한다.

간혹 중고 서점에서 책을 사면 전 책 주인이 그어 놓은 밑줄을 발견한다. 한 번도 만난 적이 없는 사람과 교감을 하게 되는 묘한 순간이다. 중고 서점을 끊을 수 없는 이유이기도 하다. 일상에서의 허세는 내 인생에서 적지 않은 부분을 차지하는데, 주말 오전 카페에 가서 혼자 책을 펼쳐 놓고 밑줄을 그으며 읽는 의식은 나만의 허세 타임이자 행복한 놀이다.

# 하얗게
# 불태우자,
# 심야 서점

:
:
:

나는 새벽을 좋아한다. 어둡고, 차갑고, 조용한 그 공기가 좋다. 평소에는 감성과 이성의 밸런스를 맞추어 정상인인 척하고 살다가도 새벽이 되면 꼭 둘 중 하나가 이긴다. 그래서인지 길지 않은 내 인생의 중요한 사건들을 결정한 때는 늘 어느 날의 새벽이었다.

새벽 시간을 즐기기 위해서는 아침에 일찍 일어나는 방법이 있고, 밤을 새는 방법이 있다. 둘 다 즐겨 하는 방법이다. 난 아침형도 저녁형도 아닌 새벽형 인간이다. 아침 일찍 일어나면 혼자 할 수 있는 일이 꽤 많다. 헬스장이나 학원에 가서 뭐라도 하나 더 배울 수 있고, 동네를 산책하다 아무도 없는 24시간 카페에 앉아 여유를 부릴 수도 있다. 반면 혼자 밤을 샐 때면 의외로 선택지가 많이 없다. 늦은 밤까지 놀 때는 보통 술을 마시거나, 술을 마시며 춤을 추거나, 술을 마시며 노래를 부르게 된다. 모두 다 혼자 하기엔 망설여지는 것들이다. 24시간 카페는 학창 시절 시험 기간의 고행이 떠올라 학교 졸업 후에는 잘 가지 않는다.

그래서 결론은 심야 책방. 늦은 밤, 책, 서점, 다 내가 좋아하는 것들이다. 밤샘 독서에 푹 빠지고 싶은 어느 금요일 밤 심야 책방을 찾았다. 서점에 비치된 책을 볼 수 있기 때문에 빈손으로 가도 되지만, 노트북과 e북 리더기를 챙긴다. 책을 읽다가 갑자기 작가에 대해 검색해 보거나, 소설이 영화화된 작품을 찾아서 바로 볼 수 있으니깐.

금요일 밤, 나의 독서 콘셉트는 휴식이다. 무언가를 채우기 위한 독서가 아닌 뇌에 휴식을 주는 독서를 하고 싶다. 머리 아프지 않고, 같은 문장을 두 번 읽을 필요 없이 빨리 책장을 넘길 수 있는 가벼운 책을 골라 자리를 잡는다. 잔잔하게 깔린 음악과 커피 한 잔. 띄엄띄엄 앉아 있는 사람들. 이것만으로도 삶의 여유를 누리기에 충분하다. 꼭 밤을 샐 필요 없이 30분 정도만 앉아 있어도 삶의 공기 질이 정화되는 기분이다. 월요일부터 쌓인 피곤함이 이제야 녹는다.

언젠가부터 잡지나 신문에 실린 다른 사람들의 인터뷰를 읽으며 스트레스 해소를 하는 습관이 생겼다. 특별히 좋아하거나 존경하는 사람이 아니라도 '이런 생각을 하는 사람도 있구나, 이런 삶을 사는 사람들이 있구나' 하며 다양한 인생의 경우의 수를 간접 경험한다. 이 취미는 에세이 읽기로 고스란히 이어졌다. 하룻밤에 에세이 두 권을 순식간에 다 읽었다.

심야 책방에서의 독서가 좋은 건 그 시간이 덤으로 얻은 것 같기 때문이다. 집에 있었으면 분명 뒹굴대며 TV나 인터넷 서핑으로 흘려보냈을 시간, '책 좀 읽어 볼까' 하다가 잠들고 말았을 것 같은 시간이 고스란히 돌아온 느낌이랄까.

새벽 2시가 되니 사장님이 아메리카노를 내려 주신다. 기분이 좋으면 아침 6시까지 남은 사람들에게 해장국도 사 주신단다. 새벽 3시 반에 돌아온 나는 살짝 승부욕 같은 것이 생긴다. 다음 주엔 전날 푹 자고 가서 아침밥까지 야무지게 먹어야지.

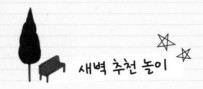

**새벽 추천 놀이**

### 심야 책방

콜라보서점 북티크와 다산 펍앤카페는 각각 서점과 출판사에서 새벽 시간까지 운영하는 북카페. 맨몸으로 가도 읽을 수 있는 책이 충분하다는 점과 책과 관련된 다양한 행사가 열린다는 것이 장점.

### 책 읽으며 술 한잔

가만히 책만 읽기 심심하다면? 상암동 북바이북, 서교동 비플러스, 연희동 책바, 명동의 북파크는 평일에도 늦은 시간까지 문을 연다. 운영 시간에 맞게 맥주부터 와인까지 술을 곁들인 취중독서를 즐길 수 있다.

### 만화 마라톤

온종일 지친 머리에 더 이상 빽빽한 글자를 넣고 싶지 않다면, 늦은 시간까지 운영하는 만화 카페에 가서 뇌를 쉬게 해 주는 것도 좋다. 최근 생긴 만화 카페들은 24시간 운영하며, 심야 정액제를 운영하기도 한다. 내 방보다 깔끔한 곳에서 간식도 먹고 누워서 뒹굴거리다 청소도 안 하고 그냥 나오면 된다. 야호!

### 무비 올 나잇

메가박스 동대문 점에서 금, 토요일마다 즐길 수 있는 '무비 올 나잇'은 18,000원에 심야 영화 3편과 팝콘 음료 세트를 준다. 가만히 앉아서 영화 3편을 본다는 것이 동남아 편도 비행 시간이랑 맞먹어서 쉽지만은 않다. 3편 모두 다 보고 싶었던 영화가 나오기도 쉽지 않으니 적절히 수면 시간을 분배하며 페이스 조절을 하는 것이 관건.

### 미드나잇 베이커리

평소 만들어 보고 싶었거나 궁금했던 베이킹에 도전! 이상하게 새벽 시간에 공부가 더 잘되는 것처럼 밤늦게 하는 베이킹은 마치 내가 과자 장인의 후계자라도 된 듯 심혈을 기울여 집중하게 된다. 요즘은 인터넷에 레시피가 넘쳐난다. 꿈은 크지만 실상은 못생긴 쿠키 대량 생산. 그래도 밀가루와 설탕 덕분에 크게 망하기도 쉽지 않다.

### 일기 쓰기

잠이 오지 않는 밤이 찾아왔다면 기억을 더듬어 일기를 써 보자. 어제 일이나 그저께 일까지만 거슬러 올라가도 기억이 가물가물할 것이다. 이렇게 역순으로 거슬러 올라가며 애써 일기를 쓰다 보면 생각보다 시간이 잘 간다.

# 생각
# 멈춤

•
•
•

쿠바 여행을 가서 배워 온 것이 있다. 바로 제대로 멍 때리는 법이다. 생각을 멈추고 넋을 잃은 듯한 멍한 상태, 익숙한 단어로 하면 '명상'이 되겠다.

인터넷이 거의 불가능한 쿠바에서는 창밖을 보면서 멍 때리는 사람들이 많다. 대부분 집 문턱에 걸터앉아 있거나 젊은이들은 아바나의 방파제인 말레꼰에 나와 앉아 있다. 장소는 다르지만 결국 하는 일은 똑같다. 나는 쿠바에 도착한 지 하루 만에 그들을 이해할 수 있었고 급속도로 현지화되었다. 그 누구라도 쿠바에서 이틀만 있다 보면 다 창문 밖을 내다보고 앉아 있게 될 것이다.

쿠바에서의 멍 때리기 단기 유학 후, 내가 이것에 꽤 소질이 있다는 것을 깨달았다. 연필 예쁘게 깎기 이후 처음으로 발견한 나도 몰랐던 내 재능. 나는 기본적으로 세상의 모든 것을 귀찮아하는 데 재주가 있는 사람으로, 누군가를 싫어하는 것조차 에너지가 소모되는 것이 귀찮아 본의 아니게 박애주의자가 되었다.

서울로 돌아온 후 좀 더 멋진 멍 때리기 방법을 찾기 위해 한 스님이 추천하는 명상법을 읽었다. 하지만 그 방식은 조금은 부담스러운 면벽수행. 나는 쿠바 유학파니까 좀 더 흐트러진 상태에서 시작하는 생활밀착형 멍 때리기로 노선을 잡았다. 내가 선택한 멍 때리기는 일단 아무것도 하지 않는 것이다. 우리 눈은 하루 종일 컴퓨터와 스마트폰과 TV 화면을 보고, 귀는 음악과 라디오와 이야기 소리를 듣는다. 그렇기 때문에 아무것도 보지 않고 듣지 않는 것만으로도 멍 때리기의 반 이상은 성공한 것이다. 뇌의 단식과도 같은 이 멍 때리기를 시도해 보면 매번 양념 팍팍 쳐서 먹다가 갑자기 저염식을 하는 기분이 든다. 하지만 소금기를 서서히 빼다 보면 바닷물도 담백한 호수가 된다.

나는 잡생각이 많아서 순수한 멍 때리기가 어려운 편이다. 그래서 주로 '눈으로 그림 그리기' 방법을 애용하는데, 가부좌를 틀지 않을 뿐 면벽수행과 통하는 면이 있다. 나만의 변종 명상법인 셈이다. 눈으로 그림을 그리기 위해서는 우선 캔버스가 될 소재를 구한다. 방에서는 주로 벽이나 문, 이동 시에는 하늘, 여행을 갔을 때는 바다도 좋은 캔버스가 된다. 이렇게 빈 공간을 가만히 쳐다보고 있으면 처음에

는 정말 뇌가 텅 빈 상태가 되는데, 시간이 지날수록 눈은 뜨고 있지만 생각은 지구를 넘어 우주까지 넘나드는 기적이 일어난다. 평소에는 거의 떠올리지 않는, 잊었거나 낯선 것들도 생각난다. 내 안의 동심이 이끄는 말도 안 되는 유치한 상상일 수도 있고, 갑자기 튀어나온 생각이 대책 없이 커지기도 한다. 나는 벽을 쳐다보며 테트리스 블록 모양으로 벽 전체를 채우기도 하고, 캔버스를 노려보듯 관찰하며 하나하나 뜯어 보기도 한다. 멍 때리기를 할 때는 몇 분씩 타이머를 맞춰 놓는데, 어느 날은 그 몇 분이 너무 길게 느껴지기도 하고, 어느 날은 스스로 온갖 것들에 대해 질문을 던지며 소크라테스의 문답법을 실천하는 경지에 이르기도 한다.

가장 쉽고 널리 알려진 멍 때리기의 정석은 뽁뽁이 터뜨리기다. 택배 도착 알림을 받았을 때 내가 기대하는 것은 택배상자 안의 물건만이 아니다. 겹겹이 둘러싸인 뽁뽁이! 뽁뽁이 알을 하나씩 조심스레 누르다가 어느 순간에는 주먹을 꽉 움켜쥐고 뿌드득. 뽁뽁이의 인터넷 게임 버전도 출시된 걸 보면 적지 않은 사람들이 공유하는 대중적인 취미라고 할 수 있겠다. 뽁뽁이 하나에 추억과, 뽁뽁이 하나에 사랑과, 뽁뽁이 하나에 어머니…? 분명 생각 없이 시작했는데, 저절로 리듬을 타고 박자를 맞추어 뽁뽁 터뜨리는 자신을 발견하게 된다.

티베트의 정신적 지도자인 달라이 라마 14세는 하루에 적어도 5시간 반을 기도, 명상, 공부에 쓴다고 한다. 어떤 병원에서는 환자에게 명상을 처방하기도 한다. 몸과 마음이 멍 때리는 시간은 더 건강하게 살아가기 위한 충전의 시간인 것이다. 인터넷이 안 되니 보고 들을 것도 없고, 살 것이 없어 물욕에서 해탈하게 되는 쿠바는 지구상에서 멍 때리기에 가장 적합한 장소다. 그렇다면 서울은 그것을 행하기에 매우 어려운 곳이다. 멍 때리기 수행의 최강 난이도! 시작과 동시에 레벨 끝판왕이다. 일도, 운동도 쉬어 가며 해야 더 잘할 수 있듯이 머리를 잠시 쉬고 나면 오히려 생각의 깊이와 넓이가 자란 것 같은 기분이 든다.

멍 때리기, 진정한 망중한을 즐길 수 있는 나의 소소한 놀이다.

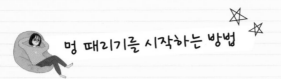

# 멍 때리기를 시작하는 방법

### 한 가지만 응시하기

당장 눈에 보이는 것들 중 한 가지를 뚫어져라 쳐다본다. 내가 요즘 꽂힌 건 커피 잔이다. 커피 잔을 우두커니 보다 보면 느리게 움직이는 커피 기포 방울과 남겨진 액체의 느린 흐름, 색의 변화까지 생각보다 많은 것들을 발견할 수 있다.

### 그대로 멈춰라

일단 누워서 천장이나 벽을 본다. 하나의 대상을 응시한다는 점에서는 앞의 방법과 비슷하지만 몸을 눕힌다는 점에서 명상에 가깝다. 불을 끄고 한참 누워 있어도 잠이 오지 않는 날, 머릿속에서 오만 가지 생각이 다 튀어나올 때가 있다. 그때의 상황을 인위적으로 재연하는 것이다. 다만 쉽게 숙면으로 빠질 수도 있다는 치명적 단점이 있다.

### 꼼꼼하게 스트레칭

하루 종일 모니터와 함께하는 고개 숙인 현대인. 목이나 어깨부터 손가락 발가락 마디까지 섬세하게 스트레칭을 하면 생각보다 시간이 잘 가고 잡생각이 사라진다. 끊임없이 사지를 움직이니 지루하지 않고, 가뿐해진 몸 컨디션까지 따라오니 일석이조.

## 듣고 또 듣고

좋아하는 노래를 반복 재생해 놓고 듣는다. 처음에는 가사가 들리다가 시간이 지나면 자연스레 딴 생각에 빠지게 된다. 나는 2시간까지 해 봤다. 비슷한 욕구를 가진 사람들이 꽤 있는지 유튜브에는 한 노래 1시간 반복 재생 버전 영상이 꽤 있다. 10시간 반복 버전도 있다. 유튜브에서 '1 hour version'을 검색하면 들을 수 있다.


## 하나, 둘, 셋

인터넷에서 고래의 먹이를 구성하는 해양 생물의 비중을 다룬 글을 본 적이 있다. 고래 먹이처럼 일상적인 것들의 개수를 세어 보는 것도 멍 때리기의 좋은 방법이다. 왼쪽 검지에 있는 주름 개수, 친구와 문자를 나누며 한 시간 동안 사용한 'ㅋ'의 개수, 컴퓨터 키보드 개수, 1부터 100까지 더하기…. 그 옛날 윤동주 시인도 별 하나에 추억과, 사랑과, 쓸쓸함을 헤아렸다. 비록 인류 발전에 기여하지는 못하겠지만 나만의 의미 있는 데이터를 얻을 수 있다.

# 퇴근 후
## 학생

．
．
．

  나는 새로운 것 배우기를 좋아한다. 학교에 다닐 때도 복수 전공을 하면서 온갖 수업에 패기 넘치게 도전했었다. 물론 패기 있게 도전한 수업에서는 그 패기만큼 깨지기도 했다. 취업 후 매일이 1~9교시 연강인 회사 생활을 하면서, 나는 늘 다양하고 새로운 분야를 접해야 에너지를 얻는 사람이라는 사실을 다시 한 번 절실히 깨달았다.

  그래서 나는 출근 전과 퇴근 후에 다시 학생이 되기로 했다. 내가 특별히 덕력을 발휘하는 분야가 있으니 바로 외국어 공부다. 영어, 일본어, 스페인어, 이탈리아어, 중국어, 러시아어 순서로 시작했고 영어를 제외하고는 다 자발적이었다. 언어를 배우는 데 특별한 재능이 있는 건 아니다. 그저 말을 배우는 게 좋다. 새로운 외국어를 배울 때마다 또 다른 세계가 하나씩 열리는 것 같아서다. 간단히 몇 마디만 해도 외국인을 만났을 때 친근하게 다가갈 수 있다. 그 덕분에 다양한 나라에서 온 친구들을 사귈 수 있었다. 게다가 연속적으로 외국어를 공부하다 보면 언어들 간의 공통점이 보여서 새 언어를 좀 더 빨리 배울 수 있기도 하다.

공부를 하는 데 많은 준비나 돈이 필요한 건 아니다. MOOC 플랫폼을 이용하면 외국어 외에도 다양한 분야의 강의를 접해 볼 수 있다. MOOC는 '온라인 공개 수업'(Massive Open Online Course)의 약자다. 유명 대학이나 유명 강사의 강의가 온라인으로 무료 제공된다. K-MOOC라고 해서 우리나라 강의를 제공하는 사이트도 있다. 대학 때 차마 도전하지 못했던 디자인 수업이나 음대 수업도 한 번의 클릭만큼이나 가벼운 마음으로 시작할 수 있다. 다시 학생이 된 기분으로 수강신청을 하니 시작하기 전부터 즐겁다. 듣고 싶은 과목을 일단 다 신청해 본다. 너무 어려우면 포기하지 뭐! (실제로 주요 MOOC의 수료 비율은 40퍼센트 정도다. 대부분 취미로 듣는다는 것!)

주말을 활용해 일러스트 수업을 듣기도 했다. 40대가 되면 그림을 배우고 싶었는데, 예상보다 일찍 배우게 된 셈이다. 주말 오전에 사람 적은 카페에서 몇 시간씩 그림에만 집중하는 그 시간이 참 좋았다. 수강생들끼리 카페를 빌려 작은 전시회를 열기도 했는데, 카페 측에서 반응이 좋다며 전시 기간을 연장하기도 했다. 작은 그림이라도 그릴 수 있다는 용기를 얻게 된 시간이었다.

  나의 패기는 한계도 주제도 모르는 모양이다. 얼마 전에는 무료 코
딩 강의도 수강했다. 지금까지 도전했던 것들 중 최고 난이도가 될
것이라 생각했지만 왕년에 태그 몇 줄 쓰던 기억이 곧 되살아났다.
주중에는 실을 염색하고, 원단을 재단해 옷을 만들어 내는 일을 하다
가 키보드 타이핑만으로 무에서 유를 창조해 낸다는 점이 신기하고
도 재미있었다. 물론 이것이 본업이 된다면 어떨지 잘 모르겠지만.

좀 더 다양한 이야기를 듣고 좋은 자극을 받기 위해 주말과 퇴근 후 시간을 활용해 강연회에도 열심히 참석했다. 전문가들의 이야기를 듣다 보면 비어 있던 한 공간이 채워지는 느낌이 든다. 그리고 요즘 강연은 쌍방향으로 이뤄지기 때문에 다른 청중들의 이야기를 통해 몰랐던 부분을 새로 알게 되거나 건강한 자극을 받을 수 있다.

팟캐스트로 공부하는 것도 좋은 방법이다. 영어 공부, 시사 상식 등 원하는 것을 찾기만 하면 언제 어디서나 들을 수 있다. 출퇴근 시간이나 운동을 하면서 평소에 부족하다고 느낀 경제 분야의 팟캐스트를 자주 듣는데, 경제 뉴스를 이해하는 폭이 넓어지는 것 같다.

『공부중독』에서 저자 엄기호는 "한국 사회가 굉장히 매끈하게 요약 정리해서 정답을 향해 어떤 주저함도 없이 돌진하는 형태가 모든 공부의 전형이 되어 있고, 그런 식으로 공부해야지만 안심을 하고 시간 낭비가 아니라고 생각을 하고 있다"고 얘기한다.

나도 학교에서는 이렇게 공부했던 것 같다. 하지만 내가 즐기고 있는 지금의 공부는 이렇지 않다. 정답을 찾지 못할 수도 있고, 자격증도 수료증도 없다. 우왕좌왕 헤매면서 길을 잃기도 한다. 하지만 학교 졸업 후에야 비로소 '공부'라는 단어의 정의가 바뀌었고, 나는 생각보다 공부를 놀이처럼 즐기는 사람이라는 것을 알게 되었다.

퇴근 후 학생이 되는 방법

### Coursera · edX · K-MOOC

유명 대학교의 강의를 무료로 들을 수 있는 곳들이다. 사회과학과 경영, 인문교양은 물론 외국어 강의도 훌륭하다. 북경대학교의 중국어 입문 강의부터 버클리 음대의 작곡 수업까지 다양한 강의를 수강할 수 있다. 일부 유료 코스는 수료 시 전공으로 인정해 주거나 수료증을 발급해 준다.

### 유튜브

일명 유 선생을 통해 기타를 배우는 것이 유행한 적이 있다. 메이크업이나 요리 같은 시각 자료가 필요한 분야는 물론이고 정식으로 인터넷 강좌의 성격을 띤 동영상도 많다. 꼭 교육 목적이 아니더라도 평소에 궁금했거나 관심이 있던 분야나 취미를 유튜브로 간접 경험하고 배울 수 있다.

## 팟캐스트

팟캐스트에는 재미있고 웃긴 방송뿐만 아니라 외국어, 인문교양, 경제상식, 여행 후기 등 카테고리가 다양하다. 출퇴근 시간이나 약속 시간이 붕 뜰 때처럼 자투리 시간에 듣기 좋다. 가벼운 마음으로 꾸준히 듣다 보면 자연스레 상식을 쌓을 수 있다.


## 일간 학습지

구몬 선생님, 눈높이 선생님은 초등학교 때에만 만나는 줄 알았다. 시간을 쪼개 학원에 가기 힘든 직장인들 중 학습지를 이용해 공부를 하는 진정한 주경야독인들이 있다는 사실. 밤 9시나 10시에도 선생님이 집으로 방문하기 때문에 편리하고, 학원에 비해 비용이 저렴하다.

# 내
## 첫 책은
## 내가 낸다

:
.

어느 봄날, 6일간 스리랑카를 여행했다. 친한 친구들과 만끽한 달콤했던 그 시간, 왠지 빠른 시일 내에 다시 오기 힘들 것 같았다. 그 순간들을 놓치기 싫어 사진을 많이 찍었다. 아주 많이.

사진을 보다가, 문득 사진을 깔끔하게 정리하고 싶어졌다. 스리랑카라는 여행지가 특별해서였을까. 이번에는 왠지 손에 잡히는 형태로 소장하고 싶었다. 우연히 인터넷에서 사진집 만들기 강좌를 발견했다. 이거다 싶어 바로 신청하고는 함께 여행을 다녀온 친구들에게 기념으로 나눠 줄 테니 기대하라며 자랑도 잔뜩 해 두었다.

수업을 시작하고 나니, 두둥. 내 예상과 달리 대부분의 작업은 스스로 하고, 최종적으로 출판물을 제작해 독립서점에 유통한단다. 나의 충동성 덕에 수업 내용을 제대로 읽지도 않고 덜컥 신청을 한 것이다. 독립출판물이라니. 하지만 이미 엎질러진 물이었다. 우선 시간을 쪼개 포토샵 독학에 들어갔다. 편집 프로그램을 다루며 시행착오를 무수히 반복했다. 그렇게 첫 샘플을 뽑았다. 하지만 이것은 시작에 불과했다.

결과물을 출력하고 나니 제목부터 시작해서 그림 위치, 글씨체, 여백까지 온갖 다 신경 쓰인다. 가까운 친구들에게 의견을 구하고, 제목도, 글씨체도, 그림 배치도 확 다 바꿨다. 주말이면 일찍 일어나 카페에 가서 오전 내내 수정하고, 평일 퇴근 후에는 충무로 인쇄 골목을 드나들었다.

마침내 최종본을 결정하고 인쇄를 했다. 무수한 수정을 거쳤지만, 사실 제목도 글씨체도 맨 처음에 정했던 걸로 돌아갔다. 역시 시험에서도 맨 처음 찍은 게 답인 것을…. 아무튼, 이제 이 책을 널리 뿌릴 때다. 본업이 따로 있는 자의 취미활동이어서 수량도, 입고도 소극적으로 진행했지만, 돌아보면 내 삶에서 드물게 치열했던 시간이다.

'독립출판을 하겠어!'라는 결심으로 시작했다면 아마 아직도 내 여행 사진은 책이 되지 못했을 것이다. '내가 어떻게, 감히, 책을!' 하는 생각에 시작도 못 하거나, 글을 고치고 고치다 중도 포기했을지 모른다. 그저 얼떨결에, 혼자 편하게 놀듯이 만들었기 때문에 완성할 수 있었다.

가끔은 이렇게 완벽한 준비보다 일단 시작하는 것이 필요하다. 아

기획　　이민영
　　　　이민영
제작　　이민영
글　　　이민영
사진　　이민영
편집　　이민영
투자　　이민영
　　　　이민영
　　　　이민영
디자인　이민영
인쇄　　충무로 인쇄소

무리 열심히 준비한다 해도 늘 부족함을 느끼는 게 사람이다. 나는 점점 깨달아 가고 있다. 어렸을 땐 대학생이, 대학생 때는 회사원이, 신입 때는 몇 년 차 선배가 완성된 어른 같아 보였지만 정작 내가 그 위치가 되니 여전히 나는 미완성이라는 것을. 준비만 하다가는 시작할 시기를 영원히 놓쳐 버릴 수 있다.

가끔 주문이 들어오고 판매 정산 알림이 올 때면 아직도 신기하다. 그렇게 야금야금 팔리고는 있지만 손익분기점을 넘었을 리 만무하다. 하지만 덕분에 전에는 몰랐던 재미난 독립출판물의 세계를 알게 되었고, 책을 만들면서 좋은 인연들도 만났다. 그리고 난 다음 책을 구상 중이다. 언제 세상에 나올지는 모르지만!

## 독립출판 첫걸음 떼기

### 독립출판 워크샵

'스토리지 북앤필름', '일단멈춤' 같은 서점에서는 다양한 독립출판 워크숍을 진행한다. 어떤 책을 만들어야 할지 감이 안 잡힌다면 이런 수업이 도움이 된다. 독립출판계의 선배들을 통해 인쇄소 정보나 편집 프로그램 정보, 독립출판물 시장과 유통에 대해서도 배울 수 있다.

### 여행 기록

큰 고민 없이 가장 쉽게 시작할 수 있는 주제다. 거창하게 멋들어진 사진집이나 가이드북을 만들어야 한다는 생각은 버리는 게 좋다. 추억거리를 만든다는 기분으로 사진을 정리하고, 문득 그때의 감정이 떠오르면 글도 덧붙여 보자. 사진을 인화해서 사진첩에 넣던 옛 시절 향수도 느낄 수 있다.

### 지난 이야기 짜깁기

한창 고민이 많던 시기에 친구와 나누던 이야기들, 고민도 생각도 없던 천진난만한 미취학아동 시절의 그림일기장들을 다시 다듬어 책으로 만들 수 있다. 새로 글을 쓸 필요가 없다는 것이 장점. 잊고 지내던 과거의 나와 마주하는 기분도 꽤 새롭다.

## 북록북

Book of Life Log의 약자로 디지털 가상 공간에 저장되어 있는 삶의 기록들을 모아 실제로 소유하고 자유롭게 보관, 공유할 수 있는 신개념 SNS 기록 플랫폼 이다. SNS의 사진들을 모아 간편하게 포토북으로 만들어 준다.

## 특별한 날을 기념하며

부모님의 결혼기념일, 동생 생일, 나의 30대 맞이 같은 기념이 될 만한 날에 맞 는 주제로 책을 만들어 본다. 사진집이 될 수도 있고, 편지 형식의 책이 될 수도 있다.

## 동네 서점 투어

요즘 SNS를 달구는 핫 플레이스는 단연 동네 서점이다. 서울, 지방 가릴 것 없 이 동네에 개성 넘치는 서점이 생기고 있다. 고양이 전문 서점 '슈뢰딩거', 미스 터리 전문 서점 '미스터리유니온', 방송인 노홍철 씨가 운영하는 '철든책방', 통 영의 작은 서점 '봄날의 책방'…. 주인장의 취향이 물씬 풍기는 책방에 앉아 책 을 들여다보고 있으면 그곳에 내 책 하나 올려두고 싶은 충동이 생길 것이다.

# 셀프
# 뷰티 살롱

.
.
.

　나는 성격은 활발하지만 성향은 내향적이다. 동에 번쩍 서에 번쩍 잘 돌아다니고, 오며 가며 만난 사람들과 곧잘 친구가 되지만, 혼자 보내는 시간도 매우 중요하다. 가능하면 주말 중 하루는 나만의 시간을 보내려고 노력하는데, 그러지 못하면 일주일이 굉장히 피곤하고 소모되는 느낌이 든다.

　그중 가장 도움이 되는 시간은 바로 '미녕살롱'을 여는 때다. 스트레스를 풀고 싶을 때 네일 케어나 마사지를 받으러 가는 것처럼 셀프 뷰티 서비스를 하는 것!

　시작은 헤어 트리트먼트다. 신체 중 가장 튼튼한 게 모발인 덕에 꽤 자주 탈색과 염색을 반복하는 편이다. 기분이 내킬 때마다 머리색을 바꾸고 혼자서 간단히 다듬기도 해서 머리 스타일이 자주 바뀐다.

학창 시절에도 갑자기 집에서 머리색을 싹 바꾸고 학교에 가서 친구들을 놀래 주곤 했다. 이토록 쉴 날 없는 나의 머리카락을 위해 셀프살롱에서는 영양 공급을 한다. 머리에 팩을 아낌없이 바르고 헤어 캡과 전기 모자를 쓰는 게 끝이지만 평일에 비하면 머리를 감고 말리는 데 30여 분을 쓴다는 것만으로도 사치라고 부르기에 충분하다. 머리 전체가 뜨끈뜨끈해지는 전기 모자는 중독성이 있어 추운 겨울날에는 전기 모자를 쓰고 싶어 헤어 팩을 하기도 한다. 샴푸를 할 때 샴푸 브러시를 사용하면 두피 마사지까지 일석이조. 시간도 오래 들지 않고 확 달라진 머릿결에 기분도 좋아진다. 헤어 제품 직구의 세계에 발을 들이게 되는 것이 약간의 단점이지만, 이러려고 돈 버는 거잖아요?

그다음으로는 손톱 관리. 간단한 손톱 관리 키트가 있어 손톱 기본 정리부터 한다. 네일숍에서의 기억을 되살려 큐티클 오일 마사지에 핸드 팩까지 하면 색을 칠하지 않아도 이미 힐링이 다 된 느낌이다. 일본 유명 네일숍들의 SNS나 국내외 블로그를 통해 새로운 네일아트 디자인과 각종 팁을 배울 수도 있다. 젤 네일 키트도 쉽게 구할 수 있어 셀프 네일의 세계에 접근하기가 더 쉬워졌다. 다만 왼손과 오른손의 퀄리티 차이를 줄이는 것이 관건이다.

미녕살롱의 다음 순서는 족욕이다. 족욕기는 6년이 넘게 사용하고 있어 본전을 뽑고도 남을 정도다. 나는 몸이 많이 차기 때문에 여름에도 뜨거운 음료를 마시고, 5월까지 전기장판 위에서 이불을 덮고 잔다. 꽁꽁 무장한 상태로 외출했다가 돌아오면 족욕기를 가장 먼저 찾는다. 물 온도를 가장 높게 맞춰 놓고 발을 담근다. 식초나 녹차 티백을 넣으면 효과가 더욱 좋아진다. 소파에 편안히 기대 책을 보거나 멍을 때리다 보면 하루의 피로가 몸에서 싹 빠져나오는 기분이 든다. 족욕은 숙면에도 최고다. 20분에서 30분 정도 족욕을 하고 바로 취침하는 게 좋다.

각종 미용기기는 미녕살롱을 풍성하게 해 준다. 진동 클렌저로 세안한 후 마스크 팩이나 크림을 듬뿍 얹고 음이온 초음파 기기로 흡수시킨다. 주름 개선 모드와 리프팅 모드를 번갈아 가며 얼굴을 마사지한다. 팩을 떼어 낸 후에는 보습 크림과 수면 팩을 바른 뒤 페이스 요가 시간. 우스꽝스러운 표정을 지으며 얼굴 근육을 쫙쫙 당겨 주고 나면 얼굴 홈 케어 끝!

요란한 셀프 살롱 놀이가 끝나고 나면 굉장히 개운하다. 게다가 스스로 했다는 점에서 돈이 굳은 기분에 보람까지 느껴진다. 이 기분을 극대화하기 위해 일종의 의식처럼 핸드폰을 보지 않는다. 그래서 전기 모자를 쓰거나 팩을 올린 채로 쉽게 잠이 드는데, 짧고 깊게 잠들고 일어나면 새로 태어난 듯 개운하다.

# 오늘은
# 파리지앵처럼

:
:

어느 날 갑자기 '프랑스 여자' 열풍이 시작됐다. 『프랑스 여자는 살찌지 않는다』, 『프랑스 여자처럼』, 『훔쳐보고 싶은 프랑스 여자들의 서랍』, 『프랑스 아이처럼』, 『프랑스 육아법』까지! 스페인 여자, 독일 여자, 중국 여자, 미국 여자를 주제로 한 책은 찾을 수 없었다. 일본 여자의 경우 조금은 있었지만 그들의 순종적인 이미지를 다룬 것뿐 프랑스 여자만큼 다방면에 걸쳐 분석(!)한 내용은 볼 수 없었다. (심지어 어떤 책에는 '프랑스 여자들은 왜 남편 욕을 하지 않을까'라는 꼭지도 있다. 정말이세요?)

프랑스 여자의 시크함은 늘 닮고 싶은 부분이었다. 그래서 프랑스 여자 놀이를 해 보기로 했다. 이름하여 파리지앵 코스프레. 한가한 날을 파리지앵의 날로 정하고 실행에 돌입한다.

우선 옷부터 시작해야겠다. 프랑스 하면 프렌치 시크. 원색 옷이 참 많이 나지만 오늘은 프랑스 여자가 되어야 하기 때문에 무채색 옷을 준비한다. 옷을 꺼내 거르다 보니 벌써부터 회색분자가 된 느낌이다. 각이 빳빳하게 사는 것보다 흐느적 흘러내리고 목 부분이 살짝 늘어나는 게 좋겠다. 머리는 전날에 감고 살짝 부스스하게 만들어 두었다. 빗질은 하지 않겠어. 후후.

그다음은 요리다. 달팽이 요리가 가장 먼저 떠오르지만 달팽이는 구할 자신도 요리할 자신도 없다. 대신 탄수화물 중독이니 빵으로 하겠다. 집에서 멀지 않은, 이름부터 프랑스 분위기 철철 나는 이름의 베이커리에서 바게트 빵을 샀다. 바게트 하나만으로는 허전하니 크로아상, 에클레어, 빵 오 쇼콜라, 마카롱, 프랑스 이름을 단 빵은 있는 대로 산다. 커피는 카페오레로 해야지. 와인도 빠질 수 없다. 와인은 가까운 마트에 가서 무조건 프랑스 와인 중에서 추천해 달라고 해서 한 병 사 왔다.

그다음은 집. 프랑스 여자의 집에 가 보지 않았기 때문에 그들의 집이 어떤지 잘 모르겠다. 프랑스의 인테리어를 생각해 보면 고풍스러운 느낌이 나야 할 것 같은데, 하루 코스프레를 위해 집 전체를 뒤집어엎을 수는 없는 노릇이다. 예전에 어딘가에서 가져온 프랑스 맥주병이 있는데, 여기에 꽃을 꽂으니 무심한 듯 나쁘지 않다. 인테리어는 이 정도로 하는 걸로.

패션 잡지를 뒤적거리다가 '프랑스 여자들의 향수 사용법'이라는 글을 봤는데, 유행에 휘둘리지 않고 나와 잘 어울리는 향수를 택해 과하지 않게 뿌리라는 이야기였다. 몸에 뿌리는 향수뿐 아니라 어디에서나 향을 즐기라는 조언까지. 방구석에서 거의 잊힐 뻔했던 아로마 오일을 꺼내 놓고 룸 스프레이를 꺼내 뿌려 본다.

기본 세팅은 끝났으니 본격적으로 프랑스 여자의 라이프 스타일을 쫓아가 본다. 일단 발레부터 배워 보기로 했다. 유연성도 근력도 없지만 패기는 넘쳐서 바로 발레 수업을 등록했다. 물론 발레는 패기로 하는 것이 아니기에 좌절을 거듭했지만 한 시간 반 동안 좌절만 한 것 치고는 몸이 개운하다. 이 외에도 프랑스 영화 속 등장인물의 제스처나 얼굴 표정을 따라해 본다. 아, 근데 '울랄라!'는 도저히 못 하겠다.

뼛속까지 한국 여자인 내가 프랑스 여자처럼 살아 보려니 쉽지 않다. 사실 내가 따라하고 싶은 건 프랑스 여자의 겉모습이 아니라 내면인 것 같다. 프랑스 여자들은 아무리 나이가 들어도 멋있어 보인다. 자연스러운 모습이 당당해 보인다. 프랑스 여자들은 완벽함을 추구하지 않는다. 삶의 여러 측면에서 여러 가지를 시도하며 조금씩 나아지려고 노력할 뿐이다. 프랑스 여자든 한국 여자든 이렇게 산다면 어디서든 행복할 것 같다.

# 음악
# 읽는
# 시간

:
:

음악 도서관이라는 것이 생겼을 때, 사실 크게 관심이 없었다. 나는 유튜브나 멜론 탑 100으로도 만족할 수 있고, 왠지 나 같은 문외한은 받아 주지 않을 것 같기도 했다. 친구의 강추로 퇴근 후 혼자 들른 게 첫 방문이었다.

카드 회사에서 만든 음악 도서관인데 레코드판, 즉 LP로 음악을 감상할 수 있는 독특한 공간이다. 사실 지금껏 나에게 음악은 항상 무언가를 하는 데 배경이 되는 존재였다. 음악 감상만을 목적으로 음악을 들어 본 적이 없었던 거다. 왠지 눈이나 손, 발 중에 하나라도 움직이지 않고 있으면 게으름뱅이, 잉여 인간이 된 것 같은 기분 탓이었을까.

둘러보니 대부분 혼자 온 사람들이다. 헤드폰으로 각자의 음악을 듣지만 같은 취향을 공유하는 분위기가 뭔가 따뜻한 느낌을 주었다. LP를 대여해 음악 감상 대기자 명단에 이름을 올려놓고 기다리는데, 약간 긴장이 됐다. 실제로 재생이 되는 LP를 처음 보는데다 턴테이블을 다뤄 본 적이 없어서 조금 쫀 것이다. 20분 정도 기다리니 직원이 안내를 해 주었다. 다행히 턴테이블 조작은 간단했다. 별것도 아닌 일인데, 성공했다는 기쁨에 미소가 스물스물 올라온다. 나쁘지 않은 첫 경험이었다.

다른 공간으로 발걸음을 옮겼다. 이곳에서는 개인이 선호하는 특정 키워드를 중심으로 음악을 선곡해 들려주었다. 몇 곡 듣다 보니 내가 좋아하는 키워드를 찾을 수 있었다. 그렇게 서서 3곡을 연속으로 들었다. 음악만 듣는다는 건 이런 거구나. 퇴근 후 아무것도 안 하고 음악만 듣는 시간이 그렇게 편안할 수가 없었다.

음악 관련 서적들이 꽂혀 있어서 한 권을 집어 들고 자리를 잡았다. 물론 헤드폰도 장착. 음악에 집중하다 보니 책이 잘 읽히지 않았다. 음악 감상실이니까 오늘은 음악에 좀 더 집중하기로 한다. 소파에 앉아 눈을 지그시 감았다. 수면과 비수면의 애매한 경계에서 감상하는 음악은 자장가 같기도 하고 휴양지에서 드라이브하면서 듣는 라디오 같기도 하다.

음악 도서관은 개인적으로 진입 장벽이 꽤 높은 장소다. 음악에 대해 잘 알아야만 제대로 누릴 수 있을 것 같은 강박감 때문이다. 하지

만 주제와 분위기에 맞게 엄선된 곡들을 온전히 집중해서 감상할 수 있는 그 시간은 '힐링'이라는 진부한 단어와 가장 가까웠다. 음악 장르도 정확히 몰랐지만, 찬찬히 새로운 음악가와 노래를 들으면서 나의 음악 취향을 알아 가는 것도 재미있었다. 사람 적은 평일 오후에 오면 참 좋겠지만, 머리부터 발끝까지 텅 빈 것 같은 퇴근길에 들르는 것도 괜찮은 선택이다. 그리고 눈치 보지 않고 혼자 놀기에 그만인 장소다.

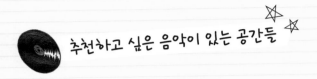

# 추천하고 싶은 음악이 있는 공간들

### 현대카드 뮤직 라이브러리·바이닐 앤 플라스틱

10,000여 장의 바이닐 음반(LP 음반)을 구비하고 음악 감상 가이드를 제공한다. 현대카드 회원만 이용할 수 있는 뮤직 라이브러리와 달리 바닐라 앤 플라스틱은 누구나 이용 가능한 공간이다.

### 아이리버 스타디움

아이리버에서 운영하는 음악 감상 공간. 개인 소파부터 단체 감상실, 장르별 감상 등 다양한 방법으로 음악을 즐길 수 있는 곳. 음악 관련 토크 콘서트도 열리니까 홈페이지를 잘 살펴보는 게 좋다.

### 곰목 바이닐 앤 펍

이태원에 있는 복고 컨셉의 LP 펍. LP로 디제잉하는 특이한 공간이다. 퇴근 후 맥주나 칵테일과 함께 좋은 노래를 즐길 수 있다. 저녁 7시에 오픈하는 것이 특이사항이다.

### 프랑스 문화원 미디어 도서관

프랑스 문화원답게 특색 있는 공간이 숨어 있다. 클래식, 재즈, 일렉트로닉, 샹송, 힙합에 이르기까지 1,500여 장의 음악 CD가 구비되어 있다.

### 풍월당

우리나라에서 꽤 유서가 깊은 클래식 음반 전문 매장. 음반을 구매하면 무료로 카페 이용이 가능하다. 아카데미에서는 음악 관련 강좌와 음악 감상회, 쇼케이스가 열린다.

### 콘체르토

서울 암사동에 있는 클래식 카페. 평소에는 로스터리 카페이지만 매주 금요일 저녁 8~10시에 무료 클래식 음악감상회가 열린다. 고급스러운 분위기와 고퀄리티 스피커 덕분에 혼자서도 멋진 시간을 보낼 수 있다.

# 숲속
# 화백 놀이

.
.
.

어린 시절부터 간직하고 있던 나만의 작은 꿈이 있다. 바로 옛 양반들처럼 자연 속에서 그림을 그리는 것. 흐르는 강물 앞에서 시를 짓고 난을 치는 선비들의 모습이 퍽 인상 깊었나 보다. 선비의 여가 생활을 구현하기 위해 나는 혼자 산에 가서 피톤치드를 마시며 그림을 그린다.

등산 배낭도, 등산화도 없이 집을 나선다. 내가 좋아하는 박카스 온 더 락을 만들어 마시기 위해 얼음물 한 병에 박카스 두 병을 챙겼다. 정상에 올라 시원한 박카스를 마셨던 기억이 너무 좋아, 등산할 때마다 박카스를 챙기는 버릇이 생겼다. 등산엔 역시 박카스지.

그림을 그리러 등산을 할 때는 풍류를 펼칠 장소를 찾는 게 중요하다. 일단 앉을 수 있는 평평한 바위가 있으면 좋고 무엇보다 그림을 그릴 뷰가 좋아야 한다. 처음엔 혼자 앉아 그림을 그리려다 보니 민망하고 부끄럽기도 했다. 간식을 먹으려고 앉아 있는 사람은 많아도 그림을 그리려고 자세를 잡는 사람은 거의 없으니까. 누가 말을 건 것도 아닌데 괜히 주변을 계속 둘러보게 된다. 민망함은 잠시 넣어 두고 일단 스케치북을 펼친다. 구름 한 점, 돌멩이 하나라도 그리면 반은 성공한 거다. 손이 가는 대로 아무거나 그리기 시작하니 '어차피 누구한테 보여 줄 것도 아닌데!' 하는 생각에 마음이 편해진다. 마치 롤러코스터를 타기 전에 무섭다며 유난을 떨어 놓고 막상 타고 나면 기분이 날아갈 것 같듯이.

사실 주말 내내 아무것도 안 하고 쉬어도 모자란데, 혼자 등산에 그림까지 그리려면 부담감이 먼저 밀려온다. 하지만 꼭 정상까지 오를 필요 없다. 남들보다 빨리 오르려고 발걸음을 재촉할 이유도 없다. 맑은 공기, 눈앞에 보이는 초록색들, 앉아서 그림을 그릴 수 있는 바위 하나면 충분하다. 못 그려도 좋고, 완성하지 못해도 좋다. 정상에 오르려고, 대단한 그림을 그리려고 이 일을 하는 게 아니다. 단지 자연에 둘러싸이는 것 자체로 위로를 받는 느낌이다. 그리고 내가 느끼는 자연을 어떤 눈치도 보지 않고 끄적거리다 보면 그동안 표현하지 못했던 감정이 선과 면으로 표현되는 것만 같다. 그 시간이 그냥 좋다.

꼭 산이 아니라도 상관없다. 나는 가까운 공원에 가서 그림을 그리

기도 한다. 손바닥만 한 꽃 하나를 그리고 돌아오더라도 자연 속에서
여유를 즐기는 선비가 된 기분을 만끽할 수 있다. 아, 진정한 선비의
풍류를 즐기고 싶다면 핸드폰은 잠시 꺼 두는 게 좋다.

# 혼밥
# 신입생

•
•
•

'혼밥'이 떠오른 지 몇 년이 지났다. 혼자 하는 활동 중 가장 대중적으로 성공(?)했고 혼밥 하는 사람들에 대한 사회적 시선까지 바꾸어 놓았다. 성공하려면 혼자 밥 먹지 말라고 했던 어느 유명한 CEO의 말은 어느새 구시대의 유산이 되었다.

내 혼밥은 회사에 있던 어느 날 갑자기 시작됐다. 스트레스 탓이었는지, 매운 냉면이 먹고 싶었다. 친구들 중 누가 매운 음식을 좋아하는지 머릿속으로 스캔을 했다. 유난히 피곤하던 날이라 잘 떠오르지 않았다. 그래서 처음으로, 혼자 냉면을 먹으러 갔다.

이게 뭐라고, 냉면집에 가까워지니 두근거린다. 드디어 첫 '혼밥'이다. 몇 명이냐고 묻는 점원의 질문에 "한 명이에요"라고 속삭이듯 말했다. 혼밥 하는 상상했을 때 이때가 가장 고비의 순간이었다. 점원

은 아무렇지 않다는 듯 자리를 안내해 줬다. 이게 고비가 아니라면 다른 고비가 기다리고 있을 거라는 막연한 두려움이 엄습했다. 지정해 준 자리에 재빨리 앉은 뒤 바로 비빔냉면을 주문했다. 여럿이 왔으면 시험공부 하듯 메뉴판을 붙잡고 있었을 텐데.

이제 냉면이 나오길 기다려야 한다. 이 시간을 어떻게 견딜 것인가. SNS 타임라인을 훑거나 밀린 뉴스를 보면서, 메신저로 친구와 수다를 떨 수도 있지만 왠지 나의 첫 '혼밥' 의식에서 핸드폰은 제외하고 싶었다.

일단은 가게 분위기를 살피기로 한다. 번화가에 있는 식당이었는데도 손님 대부분이 혼자였다. 손님의 절반 정도는 핸드폰을 들여다보고 나머지는 식당 텔레비전에 집중한다. 몇몇은 그저 빨리 먹을 심산으로 밥에만 집중한다. 그리고 대부분은 벽 쪽 테이블에 앉아 있었다. 일본에 있는 칸막이 독서실 라멘집이 생각났다. 자리마다 칸막이가 쳐져 있고 라멘이 나오면 앞에 있는 발이 쳐지고 독립된 공간에서 라멘의 참맛을 느낄 수 있다. 우리나라에도 그런 냉면집이 나타나기를 간절히 바라고 있는데 주문한 냉면이 나왔다. 혼밥 동료들 덕분인지 그리 긴장되거나 시선이 의식되지는 않았다. 밑반찬까지 싹 비우고 여유롭게 계산을 했다.

그후, 몇 번 더 도전해 본 결과 혼밥을 하기 가장 좋은 때는 평일 점심이다. 이른바 혼점. 패스트푸드점에 가서 햄버거를 먹거나, 카페에 가서 샌드위치로 끼니를 때우기도 한다. 혼자 점심을 먹으러 나와서 주로 하는 일은 친구랑 통화하기, 카페에서 잡지 읽기, 할 일 없이 인터넷 연예 뉴스 훑기 등이다. 원래 가장 쓸데없어 보이는 일들이 가장 큰 행복을 주는 법. 한 시간이 채 되지 않는 그 잠깐 동안, 나머지 오후를 살아 나갈 힘을 얻는다.

# 집에서
# 나 혼자
# 영화관

:
.

주말에 약속이 없는 날, 해가 중천에 떴고 배도 슬슬 고프지만 먹는 것조차 귀찮을 때가 있다. 침대에 누워 있기만 했는데 3시간이 훅 지나 깜짝 놀랄 때는 또 얼마나 많은지. 그런 날은 과감히 집순이를 자처하는 편이다. 집에서 혼자 가장 재미있게 놀 수 있는 방법 중 하나는 바로 영화 마라톤이다.

집에서 영화 마라톤을 개막하기 위해 가장 필요한 아이템은 암막 커튼이다. 일단 암막 커튼을 치고 IPTV를 켠다. IPTV 덕분에 집에서 영화 보기가 얼마나 쉬워졌는지 모른다. 다양한 플랫폼에서 반짝 무료 행사가 자주 열리니 신중하게 검색할 필요가 있다.

영화 선택조차 귀찮을 때는 주로 시리즈물 릴레이를 선택한다. 스타워즈 시리즈나 마블 시리즈를 선택하는 날이면 주말은 다 끝난 거

라고 보면 된다. 음식 영화만 연이어 보면서 영화에 나오는 음식을 시켜 먹기도 하고, 유명 영화제에 출품된 영화들만 골라 진지하게 감상하기도 한다. 먹고 싶었던 과자를 잔뜩 쌓아 놓거나 아이스크림 한 통을 들고 퍼먹고 있으면 그 누구도 부럽지 않다. 더운 날엔 시원하게, 추운 날엔 뜨뜻하게. 손 뻗으면 닿을 곳에 먹을 것이, 원하는 시간에 곧바로 취침 가능. 이런 사치가 또 어디 있나.

혼자 집에서 영화를 보면 맘껏 딴짓을 할 수 있어서 좋다. 중간에 마음에 드는 장면이 있으면 사진을 찍고, 영화 내용 중 궁금한 내용이 있거나 배우에 대해 더 알고 싶으면 바로 인터넷 검색을 한다. 어쩌다 예술혼이 요동칠 때는 한 장면을 몇 번씩 돌려 보면서 대사를 적어 놓기도 하고, 그 장면을 그림으로 그려 보기도 한다.

홈 시어터의 최대 장점은 자유다. 내 맘대로 멈출 수도 있고, 핸드폰이 울려도 상관없다. 발연기 하는 배우들 욕을 할 수도 있고, 감동적인 순간에 마음껏 울 수도 있다.

그래서 나는 혼자 영화관에 가는 것보다 집에서 혼자 영화를 보면서 논다. 검색을 해 보니 영화관 의자를 판매하는 사이트가 있다. 나 같은 사람이 또 있구나라는 생각에 동료애가 느껴진다. 생각보다 비싸지 않으니 일단 장바구니에 넣고 본다. 그리고 이번 주말 영화제를 준비하기 위해 나초와 신상 팝콘을 사러 마트로 향한다.

# 나랑 하는
# 소풍

.
.
.

날씨가 따뜻해질수록, 해가 떠 있는 시간이 길어질수록 서울 사람들은 삼삼오오 한강변에 몰려든다. 계단에 걸터앉아 맥주 한잔을 걸치고, 돗자리를 깔고 치킨을 시켜 먹고, 텐트를 치고 원반 던지기를 한다. 파리 센강 저리 가라 할 정도로 유유자적하고 여유로운 풍경이다. 이런 풍경일수록 혼자가 어울린다는 게 내 지론이다.

그냥 그 풍경에 몸을 맡기고 아무것도 안 하고 있는 것만으로도 좋다. 그러나 그렇게만 하기엔 뻘쭘한 게 사실이라 3단계로 나눠 혼자 소풍하는 방법을 소개해 본다.

1단계. 간단하게 맥주부터 시작한다. 카드 하나만 달랑 들고 나오면 끝. 요즘 편의점에서는 수입 맥주를 어찌나 싸게 파는지. 짭짤하고 매운맛의 빨간 과자는 맥주의 좋은 친구니까 당연히 함께한다. 나는 술을 한 모금만 마셔도 얼굴이 확 빨개진다. 소녀의 발그레한 뺨이 아니라 울긋불긋 홍익인간이 되기 때문에 밝을 때 술 마시는 것을 꺼리는 편이다. 안 그래도 혼자 강변에서 술 마시는데 얼굴까지 시뻘게지면 주정뱅이같아 보일것 같아 작은 걸로 딱 한 캔만 마신다. 여름밤 한강 공원은 구역마다 분위기가 다르다. 요즈음 한강에서 얼마나 헌팅이 활발한지 익히 알고 있는 나는 사람들이 많은 잔디밭이나 계단을 피해 자리를 잡았다. 음, 설레발일 수 있지. 그렇지. 혼자 강변에서 조용히 고독을 씹고 싶어서 그랬다. 진짜다.

2단계는 돗자리다. 카페에 혼자 앉아서 커피 마시는 거랑 똑같은 거라며 자신을 설득하면서 경품으로 받은 매트를 들고 나선다. 당당하게 자리를 잡고 바람을 날리며 매트를 편다. 매트를 폈으니 뭐라도 먹는 게 좋겠다. 근처 백화점 식품 매장에서 미리 저녁거리를 사왔다. 마감 세일하는 삼각김밥, 닭강정, 수제어묵이 가장 좋아하는 메뉴다. 잔디밭에 앉아 강바람을 쐬며 싸 온 음식을 먹는다. 할 일 없이 강 쪽을 보고 있으니 건강하게 사는 사람들이 참 많다. 평일인데도 운동하는 사람들이 얼마나 많은지! 이건 미처 예상치 못했던 좋은 자극이다.

3단계는 텐트 치기. 인터넷 쇼핑으로 원터치 텐트를 하나 산다. 들고 다닐 수 있을 정도의 초경량으로 사는 게 좋다. 말 그대로 원터치라 엄청나게 쉽게 텐트를 칠 수 있다. 텐트는 가림막이 되어 주기 때문에 돗자리보다 주변이 덜 신경 쓰인다. 텐트 안에서 보는 세상은 뭔가 색다르다. 나만의 세상에서 그들의 세상을 염탐하는 듯한 느낌이 꽤 괜찮다. 블루투스 스피커를 켜고 보사노바 음악을 틀어 본다. 바람이 텐트에 부딪히는 소리와 멜로디가 경쾌하니 잘 어울린다.

소풍의 사전적 정의는 '휴식을 취하기 위해 야외에 나갔다 오는 일'이다. 사전적 정의를 성취하려고 한 건 아니지만, 내가 나와 한 소풍은 지금까지 했던 어느 것들보다도 가장 그 정의에 가까운 휴식이었다.

## 놀다가 인생 바뀜

•
•
•

잘 놀면 인생이 바뀐다. 나는 그렇게 생각한다.
논다는 건 스스로 선택한 삶의 파도를 즐겁게 타는 일.
즐기는 방법도 즐거운 이유도 저마다 다르지만
중요한 건 즐긴다는 사실 그 자체다.
파도 없는 인생은 없으니까,
밀려오는 것은 받아들이고, 떠나가는 것은 보내 주면서.
그게 무엇이든 자신만의 방식으로 자신 있게 놀아 보시라!
그러다 보면 어느 순간 저 멀리 흥미로운 무언가가 보일 것이다.
아니 근데 왜 혼자 노는 이야기만 하느냐고?
에이, 알면서.

인생은 원래 혼자다.
그래서 오늘도 나는, 나랑, 논다!

# 싹 다 바뀜, 넷 다 바뀜

* 
* 
* 

글 작가 김별, 이혜린, 이민영 그리고 그림 작가 김화연은
지난 1년 동안 이 책을 만들며 신나게 놀았다.
그 결과, 김별은 책 만드는 게 역시 제일 재미있다며 출판사에 취직했다.
이혜린은 창업 열차를 잡아 타고 스타트 업이라는 커다란 놀이터로 향했다.
이민영은 도저히 퇴근 후 자유 시간으로는 성에 안 차 대륙으로 떠났다.
김화연은 이 책 일러스트를 그리다가 학교 가는 걸 잊어서 퇴학 당하고
이젠 그림만 그린다.
그리고 당신이 읽고 있는 이 책이 평생의 작품으로 남아
네 사람의 환갑 잔치 답례품으로 두고두고 자랑스럽게 쓰일 것이다.
키야~ 정말 멋지다!

내가 말했던가?
잘 놀면 인생이 바뀐다! 그것도 겁나 재밌게 바뀐다!